NF文庫
ノンフィクション

真珠湾攻撃隊長 淵田美津雄

世紀の奇襲を成功させた名指揮官

星 亮一

潮書房光人社

真珠湾攻撃隊長 淵田美津雄――目次

真珠湾攻撃隊長　淵田美津雄

プロローグ／真珠湾を撃て

私はハワイ、オアフ島のパールハーバーに立って、真珠湾攻撃を考えていた。二十五年ほど前のことである。日本は冬だったが、ここハワイは初夏の暑さで、海は抜けるような青さであった。パールハーバーには、この物語の主人公・淵田《ふちだ》美津雄《みつお》の足跡がいくつも記録されていた。その一つが「アリゾナ記念館」であった。淵田が指揮する日本海軍攻撃隊の爆撃で沈没した戦艦「アリゾナ」のメモリアル・ホールである。ここを見学するには、まず真珠湾攻撃についての解説映画を見て、それから米海軍のシャトルボートに乗り込み、桟橋《さんばし》に向かい、記念館に入るのだが、私が乗ったとき、ボートを操縦していたのは若い女性の水兵であった。

きびきびした動作といい、操船の腕といい見事なものであった。

この湾は太平洋最大の米海軍基地になっているので、いたるところに白い制服の米海軍の士官や水兵がいて、日本ではあまり見られない華やいだ雰囲気があった。あまりというのは、日本でも広島県の江田島《えたじま》に行くと、海上自衛隊の幹部候補生学校や術科学校があり、幾分かの雰囲気を味わうことができるためだが、どうしたことか、華やかさではとても米国に及ばない。国防についての日米両国の認識の差かも知れないと思ったりした。

前日、成田から乗った飛行機はサーフボードやダイビングの道具を抱えた若者、クルージング、スカイツアー、あるいはショッピングと夢を膨《ふく》らませている家族づれ、ゆっくりと常夏《とこなつ》の旅を楽しむ初老のカップルとさまざまな人がいて、満席の混み合いだった。なにせ日本から七時間で来られる便利さである。

かつてこの島を日本海軍機が攻撃し、世界の海戦史に残る画期的な勝利を収めたことを知る人も多分、少なくなったのだろう。「アリゾナ記念館」の日本人観光客はどこか遠い昔の話、あるいはもう一つの別な日本が引き起こした出来事といった感じで説明に聞き入っているように見えた。

日本海軍の奇襲攻撃が行なわれたのは、昭和十六年（一九四一）十二月八日午前三時十九分（ハワイ時間七日午前七時四十九分）のことだった。もう七十五年も前のことになる。私のように戦争の記憶が残っている年代にとっては、その日の光景をテレビや映画で何度も見て来たので、日本海軍が誇る戦闘機「零戦」の勇姿や米艦隊の大爆発が鮮明に浮かぶのであった。

私はオアフ島の北端、カフク岬の方向を見やった。そこから侵入した日本海軍機の一部はカネオへ飛行場に向かい、制空隊と雷撃隊、水平爆撃隊はカエナ岬を回ってパールハーバーに殺到した。

湾の中央部にあるフォード島には戦艦「ネバダ」「アリゾナ」「テネシー」「ウエストバージニア」「オクラホマ」などが目白押しに並んでいた。また島の南に位置する海軍工廠の第一乾ドックには戦艦「ペンシルバニア」が入っていた。思いがけぬ日本海軍の攻撃に米海軍の艦艇は大爆発を起こし、太平洋艦隊は壊滅の危機に陥った。

いま七時間で来られるハワイに、日本の海軍機はどのようにして飛来したのか。

真珠湾攻撃の命を受けた日本海軍の第一航空艦隊が日本を出撃したのは、その十二日前の昭和十六年十一月二十六日であった。寒風が吹き荒れ、怒濤さかまく千島列島・択捉《えとろふ》島の単冠《ひとかっぷ》湾に集合した航空艦隊は必勝を祈念して、一路ハワイを目指した。

日本の命運をかけた艦隊の陣容は空母「赤城《あかぎ》」「加賀《かが》」「蒼龍《そうりゅう》」「飛龍《ひりゅう》」「翔鶴《しょうかく》」「瑞鶴《ずいかく》」を中心に、高速戦艦「比叡《ひえい》」「霧島《きりしま》」、重巡洋艦「利根《とね》」「筑摩《ちくま》」、軽巡洋艦「阿武隈《あぶくま》」、駆逐艦「谷風《たにかぜ》」「浦風《うらかぜ》」「浜風《はまかぜ》」など九隻、さらに潜水艦「伊一九」「伊二一」「伊二三」と燃料補給隊の「極東丸《きよくとう》」「健洋丸《けんよう》」「国洋丸《こくよう》」「神国丸《しんこく》」など七隻から成っていた。艦艇じつに三〇隻（『戦史叢書　ハワイ作戦』）の大艦隊であった。

単冠湾からハワイまでの距離は三〇〇〇海里（約五五〇〇キロ）である。十二日目の朝、十二月八日午前一時（ハワイ時間七日午前五時三十分）、敵に探知されることなく、オアフ島の北二五〇海里（約四六三キロ）に迫った。

「静かな夜明けだ。なんと平和な黎明《れいめい》だろうか」

淵田は落ち着いた気持ちで出撃の朝を迎えていた。海はかなり時化《しけ》ていて、風は艦橋にうなり、飛沫がときどき飛行甲板に上がっていた。

総指揮官の淵田美津雄中佐が率いる第一次攻撃隊一八三機は爆音をとどろかせて次々と空母を発進し、早朝のオアフ島を目指して南海を飛び続けた。

淵田はアメリカ製のラジオ方向探知器、クルシーのスイッチを入れた。ホノルル放送の電波が入り、軽快なジャズの音楽が流れた。いかにも日曜日の朝の雰囲気だった。

「おおむね半晴れ。山には雲がかかり雲底三五〇〇フィート。視界良好。北の風一〇ノット」

これは、たいへん重要な情報だった。誰も警戒していなかったし、視界が良好というのは幸運というほかなかった。

淵田機には操縦者の松崎三男大尉、電信員の水木徳信・一等飛行兵曹が搭乗していた。雲海が切れ、カフク岬から島の西側に回って、攻撃隊は一機の脱落もなく、パールハーバーに迫った。戦艦が目に入った。

「水木兵曹、総飛行機あてに発信、全軍突撃せよ」

淵田が命じ、水木がト連送を打電した。次いで四分後、

「我、奇襲に成功せり」

と有名な「トラ、トラ、トラ」の電文が発信された。柱島《はしらじま》の連合艦隊の旗艦「長門《ながと》」が直接受信し、瞬時に東京に中継され、それがラジオで発表されると日本は興奮の坩堝《るつぼ》と化した。

世界はまさかの奇襲攻撃に目を見張った。太平洋戦争の幕開けであった。

アメリカは官民ともに驚愕した。

「パールハーバー空襲される。これは演習にあらず」

オアフ島の海軍作戦士官が慌てふためいて本土に通信したのは、午前八時二分であった。

この時期、アメリカも危機管理は不徹底だったようで、ノックス海軍長官が知らせを受けたのは現地時間の午後一時半だった。

「なんということだ。それはありえない。フィリピンの間違いではないか」

長官が叫ぶと、スターク作戦部長が、

「いや、真珠湾に間違いありません」

と答え、すぐホワイトハウスに電話を入れた。米国議会も国民も騒然となった。全米のラジオ局は日曜午後の放送を中止して、この緊急ニュースを伝えた。さらに第二次攻撃隊の襲来で、米海軍の損害は言語に絶するものだと分かるや、ルーズベルト大統領は呆然とし、

「神よ、アメリカを守りたまえ」

と祈るしかなかった。

この本は真珠湾攻撃の全容と、攻撃隊の総指揮官・淵田美津雄中佐の物語である。

空母「赤城」の飛行隊長

(一)

昭和十六年(一九四一)八月——。

淵田は空母「赤城《あかぎ》」の飛行隊長として、鹿児島基地にいた。

「赤城」はドックに入っていて、飛行機は陸上にあがっていた。

「赤城」の飛行隊長というと、空母「赤城」が搭載する飛行機の隊長と思われがちだが、第一航空艦隊全体の飛行機を統一指揮する大飛行隊長であった。

第一航空艦隊の編制は時期によってかなり変わるが、この年後半の場合、「赤城」「加賀」の第一航空戦隊、「蒼龍」「飛龍」の第二航空戦隊、「龍驤《りゅうじょう》」「春日《かすが》丸」の第四航空戦隊、「翔鶴」「瑞鶴」の第五航空戦隊が所属し、飛行機は三七〇機ほどだった。所属飛行隊は訓練のために九州南部に配備され、母艦別ではなく、機種別に配置されていた。

零式艦上戦闘機は佐伯《さいき》湾の佐伯基地に、九七式艦上攻撃機を用いる水平爆撃隊と雷撃隊は鹿児島基地と出水《いずみ》基地に、九九式艦上爆撃機を用いる降下爆撃隊は鹿屋《かのや》近郊の笠ノ原基地と日向灘《ひゅうがなだ》の富高《とみたか》基地にいた。したがって淵田は鹿児島ということになり、連日、艦攻や艦爆に搭乗して猛訓練を続けていた。

この大飛行隊方式は空母を中心とするアメリカ海軍機動部隊との決戦を想定したものだった。淵田は、いずれ戦場にひっぱり出されると覚悟はしていたが、対米戦についてはまだ半信半疑だった。山本五十六《いそろく》長官がよくこんなことを言っていたからである。

「デトロイトの自動車工場とテキサスの油田を見れば、とても日本の国力では太刀打ちできないよ」

まったくそうだと思った。しかし最近、山本長官の考えが変わったという噂も聞いた。

「俺は面倒くさいことは考えんようにしておるが、アメリカとはねえ。本気かいな」

淵田はときおり、こんな言葉をもらした。

淵田美津雄中佐

中国との航空戦では、向かうところ敵なしの日本海軍航空隊だったが、アメリカは工業水準が高く、加えて資源大国である。万事、中国のようなわけには行かないことは、はっきりしていた。海軍部内は対米戦に否定的で、連合艦隊司令長官・山本五十六大将も反対だった。

日本の悲劇は資源がないことだった。近代国家として列強に立ち向かうには、いかにして鉄や石炭などの資源を確保するかであった。日露戦争の勝利によって日本はロシアが持っていた中国の利権を奪い、満州国を建国、経済権益を得たが、西欧の列強にとって遅れてやって来た日本帝国は、明らかに顰蹙《ひんしゅく》を買った。

列強による日本追い出しが始まった。

「敵はえげつねえな」

淵田はそう思っていた。淵田にすれば、日本は世界列強の後を追いかけているに過ぎなかった。

はるか後ろにいたはずの日本が間近に迫ると、アメリカは俄かに恐怖を感じたか、日本からの移民を追い出し、中国からの撤退を求め始めた。それに応じなければ石油の輸出を停止すると難癖をつけた。石油がなければ、軍艦は走れないし、飛行機も飛ばせない。

自前で石油を確保するとすれば、オランダ領東インド（インドネシア）に求めるしかない。そこにはすでにオランダが乗り込んでおり、日本への輸出を拒んでいる。こうなれば、オランダを駆逐するしかない。

日本は追い詰められていた。

戦争は目前に迫ったと皆がいい、飛行隊の訓練は苛烈を極めた。

飛行機の搭乗員は政治がどうのとか、外交がどうのとか理屈をこねる前に、技量を磨かねばならなかった。

水平爆撃の際の高度は三〇〇〇メートルがいいか、四〇〇〇メートルがいいか、降下爆撃は何度の角度で、どの地点から爆弾を投下するのがよいか、夜間、空母からの発着訓練はどこに注意すべきか、などなど日夜、学ばねばならぬことが山ほどあった。

しかし戦争は疑問だというのが日本海軍の考えだった。アメリカはフィリピンに膨大な権益を獲得している。当然、日本の進出を阻止するだろう。

米国と戦争をして果たして勝てるのか。

資源のない日本が、持てる国アメリカを相手に戦争をするのは短慮に過ぎると海軍は悩んでいた。

戦争は補給が生命線であった。飛行機は空を飛ぶ代物だ。計器も満足にない時代である。悪天候になれば、落ちないのが不思議なくらいだ。飛行機も搭乗員もたえず補給しなければ、すぐジリ貧になることは目に見えていた。しかし、やるということになれば、やってみせなければならない。搭乗員には自負があった。

日本がつくりあげた戦闘機の性能には自信があったし、日本国の命運を賭けた戦争となれば、日本男児たるもの、敵に後ろを見せることはできなかった。

淵田は海軍兵学校から海軍大学校に進んだエリートである。海大入校は昭和十一年、海軍少佐のときである。言葉がざっくばらんな関西弁ということもあって、この人には妙なエリート臭《しゅう》はなかった。若い頃から威張るのが嫌いで、実力もないくせに海兵を出たというだけで天狗になっている奴を軽蔑していた。

飛行機の搭乗員の多くは、志願して海軍飛行予科練習生となり、空への憧れを胸に秘めて海軍の門をくぐった若者たちであった。大学予科、国公私立の専門学校や大学からの飛行専修予備学生もいた。

いまの航空自衛隊のパイロットは、高校を卒業して航空学生になるか、防衛大学校から航空自衛隊に入隊し、パイロットになるかの二つである。防衛大学校の場合、当初、圧倒的に航空の志願者が多いが、音速を超えるマッハの時代である。適性検査が厳しく、次第に絞られていく。ちなみにパイロットは戦後の呼び方で、淵田の時代は搭乗員、あるいは操縦者だった。

淵田の部下たちは、どれもこれも一匹狼のような厳しさを秘めていた。皆、腕がよく、兵学校を出たからどうのという世界ではなかった。艦隊勤務の場合は海軍兵学校出の士官と一般の兵では貴族と奴隷ほどの差があり、食事も居住空間も違ったが、搭乗員は、それほど極端な差はなかった。

制空隊の場合は単座（一人乗り）の戦闘機である。士官であろうが下士官であろうが、少年飛行兵の出身であろうが、搭乗員であることに変わりはなかった。だから飛行隊長という職務は、むやみやたらに空威張りするような人間では務まらなかった。一人ひとりの個性を大事にしながら全体を把握する度量が必要だった。その意味で操縦者ではなく、むしろ偵察員の方がよかった。

淵田も偵察員であった。

飛行隊長の職務は状況を的確に把握し、攻撃隊に指示することであった。敵艦隊の爆撃に向かったとしよう。敵の戦闘機に対処するため、必ず制空隊が雷撃隊や降下爆撃隊、水平爆撃隊を掩護した。飛行隊長は上空で敵艦隊の様子、敵機が襲ってこないかどうか、天候の変化はどうかなどを総合的に判断し、命令を下さなければならなかった。操縦者は淵田の指示によって飛び、電信員は淵田の命令を僚機や空母、航空基地に伝えた。

淵田はそろそろ四十に手が届く年代だったが、航空経歴十五年、数千時間という飛行時間は飛び抜けており、大作戦の飛行隊長はこの人しかいないというのは、誰しもが認めるところだった。

淵田に「やってくれ」という話があったのは、九月初旬のことだった。

鹿児島基地の飛行隊指揮所に第一航空艦隊の参謀、源田《げんだ》実《みのる》中佐がぶらりと顔を出した。

二人は海軍兵学校の同期、五十二期生である。

源田実中佐

「おい」

「おう」

「貴様、元気か」

「うん」

という同期生らしい挨拶を交わした。なにか大事な用件があるのか、源田の様子がいつもと違っていた。目のあたりに険しい翳《かげ》りがあり、ただごとではない雰囲気だった。

「何かあるのか」

「まあな。淵田、旗艦の参謀長室に来てくれないか」

と言った。おだやかではない雲行きである。

驚くなかれ源田の用件とは、日本海軍が真珠湾攻撃に踏み切る――その攻撃隊の総指揮官をやってくれというとてつもない話だった。

開いた口がふさがらないというか、破天荒《はてんこう》というか、とんでもない構想であった。真珠湾を攻撃するなど冗談じゃねえやと思ったが、参謀の源田が真面目な顔で言うのだから本当なのだろう。

「誰が言いだしたんだ」

「山本長官だよ」

「ええッ」

淵田は一瞬ではあるが、これはしかし面白い話にひきずり込まれたという感じもした。

(二)

淵田が有明《ありあけ》湾に浮かぶ「加賀」の参謀長室に顔を出すと、そこには第一航空艦隊司令長官の南雲忠一《なぐもちゅういち》中将と参謀長の草鹿龍之介《くさかりゅうのすけ》少将と配下の幕僚たちがいた。

「淵田飛行隊長を連れてきました」

と源田が言うと、

「おおう」

と南雲が言い、それきり黙ってしまった。普段よりもいっそう苦虫を嚙みつぶしたような顔をしていて、しきりに爪を嚙んでいる。一説によると、爪を嚙む癖は不安を押し殺す動作だそうで、迷っている様子がありありだった。南雲が真珠湾攻撃というとてつもない作戦に反対であることは、その動作や表情で淵田にもはっきり分かった。

参謀長の草鹿少将も南雲長官に合わせるかのように、黙りこくっていた。

これは多分に〝三味線《しゃみせん》〟であろうと淵田は思った。

草鹿は連合艦隊・山本長官の秘蔵っ子の一人である。航空畑が長く、霞ヶ浦航空隊の教官や艦上戦闘機の実験委員を務め、飛行船の研究でアメリカに行ったこともある。空母「赤城」の艦長、第二十四航空戦隊司令官などを経て、第一航空艦隊の参謀長になっていた。空母運用のエキスパートだ。南雲の心中を察して、押し黙っているに違いなかった。

部屋のなかに巨大なオアフ島の模型があった。ここまで作戦が進んでいたのかと淵田はびっくりした。オアフ島の地図もあった。

源田は苦り切っている南雲長官にチラリと目をやりながら、真珠湾攻撃の具体的な作戦を切り出した。

「見てくれ、これがフォード島だ」

源田が模型に手をやった。真珠湾の真ん中にフォード島があり、そこに多くの空母と戦艦が係留されていた。これをやるというのか。こいつめ、知らぬ間にこんな研究をやっていたのか。淵田は目を皿のようにして模型に見入った。

「魚雷でやれんか」

源田が言った。それはもちろん、魚雷がいいに決まっていた。命中の確率は高いし、破壊力も凄い。しかし問題は海域の深度だった。発射された魚雷は海面に落ちると一度、約六〇メートルぐらい潜る。それから浮き上がって四ないし六メートルの深さで敵艦めがけて突っ走る。深度六〇メートルというと結構な深さである。真珠湾がそんなに深いとは思えない。

「ここの深度はどのくらいあるんだ」

「それが一二メートルしかない。海面距離もせいぜい五〇〇メートルだ」

「なんだって？」

淵田は大きな声をあげた。深度一二メートルでは、魚雷は海底に突き刺さり、そこで爆発してしまう。しかも海面距離が短いのも問題だった。海面距離とは、飛行機が侵入する地点から目標物までの距離である。普通は一〇〇〇メートルないし一五〇〇メートルのところから魚雷を発射している。

係留されている艦艇が、外海ではなく湾の内側に向いている。これではいっそう海面距離がとれず、曲芸飛行で魚雷を発射しなければならない。こりゃ駄目だと思った。

「難しいなあ」

源田に言うと、南雲長官が、「そうだろう、そうだろう」という顔で源田参謀を見た。しかし源田はお構いなしだ。

「おい、水臭いぞ、なんとか考えてくれないか」

　と強引だった。淵田は「分かった」とは言えず、

「うんうん、いずれ返事をするよ」

　と答えて参謀長室を退出しようとした。すると、南雲長官が、

「慎重に当たってくれ」

　と初めて口を開いた。淵田は「はい」と言って、急いで部屋を出た。

　南雲は山形県米沢の人で、痩身《そうしん》で素朴な感じのする人だった。

「ぼやぼやしてんな」

　と米沢弁まる出しで喋るので、副官は戸惑うことが多かった。面貌は苦虫を嚙みつぶしたブルドッグのように、くしゃくしゃしていて、飾り気がなかった。水雷戦術にかけては天下一品で、豪放なところもあり、部下の面倒見もいいので、淵田は好きな提督の一人だった。だが、弁舌では連合艦隊司令長官の山本に敵《かな》うはずもなく、い

「赤城」艦橋の一航艦長官・南雲忠一中将（左から２人目）

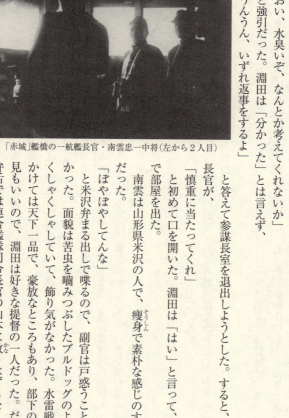

つも鬱々《うつうつ》としていた。根が正直なので、感情がすぐに顔に出るのだった。

海軍には艦隊派と条約派の二つの流れがあった。

艦隊派は対米強硬派である。南雲はこの派閥の一人で、いずれ米海軍と戦艦群で雌雄《しゆう》を決せんと主張していた。南雲の本音は、空母は戦艦の補助に過ぎぬというもので、佐官時代の南雲は滔々《とうとう》とこれを論じていた。しかし第一航空艦隊の司令長官になってからは寡黙《かもく》になり、部下の意見をじっと聞くようになった。その分、自分ではあまり喋らなくなっていた。対する英米協調派が条約派である。米内光政《よないみつまさ》・元首相、山本五十六・連合艦隊司令長官らである。

「戦艦でアメリカと戦争しようと考えている輩《やから》は、頭がおかしいぞ。いまや飛行機の時代だよ」

と山本は艦隊派を鼻であしらっていた。

ただし海軍がこの二つの派閥に完全に色分けされているかというと、そうではなく、親英反独派、独伊関係緊密派と入り乱れ、上は上でごちゃごちゃしていた。

淵田ら搭乗員にとってはいずれも雲の上の話で、あまり興味はなかったが、どちらかといえば条約派を支持する空気は強かった。

淵田美津雄は明治三十五年（一九〇二）十二月三日に奈良県北葛城《かつらぎ》郡磐城《いわき》村、現在の当麻《たいま》町で生まれた。父は小学校教師で、淵田は三男だった。旧制畝傍《うねび》中学校から海軍兵学校に進み、飛行科を志望し、昭和三年（一九二八）に偵察学生として霞ヶ浦航空隊に入隊した。

入隊式の日、二機の飛行機が事故を起こし、大破して操縦者は死亡した。一機は宙返りで失速し、もう一機は林に突っ込んだ。なにも選《よ》りに選って入隊の日に派手にやらなくてもと思ったが、入隊した以上、もはや引き返すことはできない。案の定、入隊した同期生九人のうち、二人が卒業までに事故死した。

艦上勤務に比べれば、けた違いに事故による死亡確率が高かった。だから「ああだ、こうだ」と言う前に、いかにして自分の技量を磨くかが大事だった。なにせミスをすれば死ぬのだ。万事、命懸けといってよかった。

数えで三十九歳、間もなく中佐の年代であった。

淵田に超難題を押しつけた源田は、淵田よりも遅れて同年十二月に第十九期飛行学生として入隊している。一年後には単独飛行が許され、昭和五年からは空母「赤城」に乗り込み、自由自在に飛び回った。その後、中国を転戦、実戦で腕を磨き、昭和十四年（一九三九）には駐英日本大使館付の武官補佐官としてロンドンに赴任、世界の航空事情を学んで帰国した。日本海軍の航空隊をリードする一人であり、航空戦術には絶対に欠かせない人物だった。

数日後、淵田はひさしぶりに源田と一献傾けた。

「貴様ッ、どうだ、面白いだろう。山本さんらしい作戦だよ」

源田は、淵田がやると決め込んでいる様子だった。難しいことは百も承知だが、山本長官の命令とあれば、拒否はできない。いよいよ日米戦争が始まるのか。淵田は、もはや逃げられないなと思いながら盃を重ねた。

もう秋だというのに、ここ有明の海はやけに暑かった。夕方になると涼しい風が吹いたが日中はまだ日差しが強く、あちこちに熱帯植物が青々と茂っていて汗をかくほどだった。

「あれは今年の二月だった」

源田が言った。真珠湾攻撃の作戦を立てるよう、第十一航空艦隊参謀長の大西瀧治郎《たきじろう》少将から命じられたというのだった。

「ちょっと来てくれと言うんだ。それで鹿屋にいる大西さんのところに出かけた。行くと、そこに座れと言うんだ。すると懐から手紙を出して読めと言うんだ。見ると山本長官の手紙だった」

大西少将も嚙んでいたのか。淵田は話に引き込まれた。すべて興味津々《しんしん》たる話であった。

「鮮やかな達筆で書いてあったが、日米開戦は避けられぬ。戦う場合は思い切った作戦を取らねばならぬ。それには開戦劈頭《へきとう》、ハワイを叩く。攻撃は雷撃隊による片道攻撃とする。まあそんなことが書いてあった」

源田が話を続けた。山本長官の手紙は奇想天外というか、博打《ばくち》というか、いずれにしても青天の霹靂《へきれき》ともいうべき内容に思えた。

「それで源田、お前はなんと言ったんだ」

「いや、言うどころではない。黙っていると、君ひとつこの作戦を研究してくれということになった」

「それで案を練ったのか」

「そういうことだ」

源田がうなずいた。それにしても、とんでもない作戦だった。第一、飛行機を飛ばせる距離まで空母を運ばなければならない。それも秘密裏にだ。そんなことができるのか。淵田には分からない領域であった。

「問題は多々あるが、俺は雷撃が可能な場合と不可能な場合の二つの案を立てて、大西少将に提出した。山本長官は戦艦を狙うと書いておられたが、俺は空母を主な攻撃目標とすべきだと進言した」

当然だと淵田は思った。航空艦隊にとって、もっとも怖いのは敵の空母である。空母を叩かなければ、いつかこちらがやられる。戦艦を叩いても、さほど意味はない。

「山本さんは、なぜ戦艦かね」

「それは、長官が心理的な効果を狙ったんだと思うな。つまり海軍の権威は戦艦だ。それを叩くことで、アメリカの鼻を折るということじゃないかね」

「それは分かるが、やはり空母だ。それは強く主張すべきだ」

淵田はいつしかその気になっている自分に気づいた。

破天荒な提督

(一)

山本五十六ほど数々のエピソードを持った提督はいなかった。

山本権兵衛《ごんべえ》、東郷平八郎ら薩摩閥の英雄は多いが、山本はかつて戊辰《ぼしん》戦争のさい、賊軍と言われた越後長岡の出身である。長岡中学校から海軍兵学校に進み、海軍に奉職して苦節三十六年、ついに現場のトップに昇りつめ、自ら世紀の大作戦を立案した。

その中身が凄《すご》い。こんな破天荒な提督は、日本海軍の歴史で初めてだった。一本やられたという感じであり、淵田も源田も兜《かぶと》を脱がざるを得なかった。

山本という男は、魅力的な人物だった。まず明察果断であった。アイディアが豊富で、人を説得する能力もずば抜けていた。加えて、人情味があった。

霞ヶ浦航空隊の副長のときは練習生と一緒に空を飛び、部下が訓練中は飛行場の片隅に立って、練習機が降りてくるまでじっと待っていた。

暑い日には練習生と一緒に水風呂に入った。

特別な能力の者しか発着艦できないという専門バカの気風を一新して門戸を広げ、今日の航空隊の基礎をつくった。

不慮の事故による犠牲者のために、霞ヶ浦神社をつくったのも山本だった。

空母「赤城」の艦長時代も、胸を打つ話はいくつもあった。

連合艦隊司令長官・山本五十六大将

着任早々、広島湾で艦上機を受けとる仕事があった。着艦の装備が不十分の時代で、滑走止めのフックはまだなかった。その日は風が強く、「赤城」が上下に大きく揺れて着艦には不向きだった。

飛行機はとうに陸地を飛び立って、こちらに向かっていたので、どうにもならない。やがて飛行機が視界に入ってきた。飛行機は着艦のコースに入るのだが、艦がひどく揺れてなかなか着艦できない。そのうち一機が思い切って着艦を試みた。ところが艦の中央あたりに降りてしまった。滑走路が短い。

このままでは海中に転落する。

皆、固唾《かたず》を呑んで見守った。

そのときである。山本が脱兎《だっと》のごとく飛び出して、飛行機の翼にしがみついた。

飛行機は山本を引きずって、ずるずると走って行く。

「大変だッ、艦長が落ちるぞッ」

甲板は大騒ぎとなり、居合わせた軍令部参謀の山口多聞《たもん》中佐が真っ先に飛び出し、副長、参謀たちも続いて飛行機にしがみつき、やっと止めることができた。

「いや、すまぬ、すまぬ。おかげで助かった」

山本はけろっとしていたが、飛行機が着艦態勢に入ったときは、何人《なんぴと》も飛行甲板に出てはいけない規定になっている。山本はそれを自分で破り、命を投げ出して部下を助けようとした。この姿に接した搭乗員は、山本が神様のように見えたという。

海軍次官のとき、山本は日・独・伊の三国同盟に反対した。そんなものを結べば、米・英との関係が悪化し、戦争になると警告し、どこでもこの事を言っていた。右翼が山本を殺すと騒いだ。それ以来、次官室に軍刀をでんと置き、

「暗殺にやってくる無礼者がありましたら、何人でも斬って斬って斬りまくり、徹底的にやっつけます」

と呵々大笑《かかたいしょう》した。だが、自分の主張は日本国のためであると遺書をしたため、手文庫に納めていた。

山本は郷里の人たちの面倒もよく見ていた。

長岡は戊辰戦争でさんざんな目に遭い、薩長の官軍に歯向かった家老の河井継之助《つぎのすけ》を批判する輩も多かった。けれども、「あれは正義の戦いだった」と、山本はいつも河井を弁護し

た。

母校の長岡中学校でもよく講演したが、若者は戦場に行けとは言わなかった。昭和十四年の講演記録が残っている。

「いま日本の上から下まであまりにも緊張し、伸びきってしまって、それがよいかということを考えると、はなはだ疑問があります。私は諸君に対して、いま直ちに銃をとって第一線に立てとは申しません。あなた方に希望するところは、諸君の本務である学問をあくまで静かな平らかな、伸び伸びとした美しい心をもって油断なく勉強し、確実なる進歩発展を期していただきたいとお願いするものであります」

山本は心にゆとりを持てと語り、教師、生徒に感銘を与えた。

長官の一つ一つの行動、仕草には人の心を打つ何かがあった。だから山本長官の命令とあれば、すべての人が意気に感じ、「分かりました」となるのだった。

淵田と源田はこの一件が始まって以来、飲むことも増えてきた。

二人が腹蔵なく意見を述べ合い、同志の約束を交わさなければ、成功など期すべくもなかった。何度目かの会合のときに、

「山本さんは近衛首相に、はっきり言ったらしいな」

と源田が言った。

「どう言ったのだ」

「近衛さんはお公家《くげ》さんだろう。アメリカと戦争をして勝てるのか、悶々とした日々を過ごしておるそうだ。そこで山本さんを呼んで聞いたそうだ。山本さんは、ぜひやれと言われれば初めの半年や一年の間は随分と暴れてご覧にいれます。しかしながら二年、三年となれば全く確信が持てません。三国同盟条約ができたのだから致し方ないが、かくなりましては日米戦争を回避するよう極力、努力をお願い申し上げたい。そうおっしゃったそうだ」

「うまいな」

淵田はホトホト感心した。

含蓄のある言葉ではないか。一年やそこらは随分と暴れて見せるというのが、痛快だった。酒が入ったせいか、淵田の気持ちも高ぶった。日本海軍はこれまで米海軍を相手とする演習――、図上演習、兵棋演習を何百回も行なってきたが、いつも勝つのはアメリカだった。話は簡単だった。アメリカ海軍の勢力を十とすると日本海軍のそれは六であり、同じような練度の兵が戦った場合、勝利するのは軍艦や飛行機の数が多い方だった。

単純な話だが、五隻と三隻の戦艦が戦ったとする。

双方とも一分間に一発命中させる能力を持ち、一〇発命中すれば、艦は沈むとする。七分後、どうなるか。五隻の方は一隻沈むだけだが、三隻の方はすべて海の藻屑《もくず》と消えているのだ。

「なあ。こういう場合、我々は精神力で勝つと教わってきたが、これは駄目だ。アメリカだって精神力はある。神風はどうもね。その点で、山本さんは敵の意表をつく奇襲攻撃を思いついた。これだよ」

源田が言った。奇襲攻撃か。淵田もいまや、山本長官の提示したハワイ奇襲攻撃に感銘している。

「これぞ海軍というものだな」

「一つやるか」

「そういうことだッ」

二人は盃を高くかざした。

日本は日露戦争で勝利し、世界列強の仲間入りをした。だが勝利の背景には米英の協力があった。今度はその米英が相手である。そこに一抹の危惧があったが、日本がここまで追い詰められたとすれば、売られた喧嘩を買うのもやむを得まい。淵田は「やる」と一言いい、二人はこの夜、肩を組み合い、遅くまで痛飲した。

(二)

鹿児島湾で淵田の特訓が始まった。

晴れた日は桜島が絵のように浮かび、美しかった。

淵田は雷撃隊に碇泊《ていはく》艦襲撃のための浅海面《せんかいめん》魚雷訓練を命じた。

雷撃機は離陸集合したのち、鹿児島湾の上空高度三〇〇〇メートルで桜島の東端に向かい、それから桜島の中腹を這うように高度を下げ、鹿児島市の北の台地で左旋回し、甲突《こうつき》川の渓谷に進入する。以後、高度五〇メートルで渓谷を伝いながら鹿児島市の上空に出て、デパートを左に見て、海岸のガスタンクをかわし、さらに高度を二〇メートルに落として、五〇〇メートル先のブイを目がけて魚雷発射する。水深一〇メートル、射ったらすぐ上昇し、敵艦をかわす訓練だった。

訓練用魚雷の整備が不十分なので実射はできなかったが、本番さながら、手に汗にぎる訓練だった。

魚雷は命中率が高く、極めて有効だが、敵艦に接近するため猛烈な対空砲火を浴びることは避けられない。退避の際、敵艦を低空で飛び越えなければならず、

「刺し違えて死ぬ」

覚悟がいる。このため魚雷攻撃にあたっては、降下爆撃隊、水平爆撃隊を併用させ敵艦の防禦《ぼうぎょ》砲火を叩く必要があった。

何事も綿密な連携プレイが大事だった。

淵田は海岸に立って各機の発射姿勢を監査したが、それはトンボが水面に卵を生み付ける動作にそっくりで、ハラハラドキドキするものだった。実戦になれば敵艦から対空砲火が雨霰《あられ》と撃ち出されるわけで、そのことを思うと最後は神頼みの心境だった。

機体がスーッと海へ吸いこまれる。あれよと見る次の瞬間、はじかれたように飛びあがって、ぐらりと翼を傾けると、右へ旋回しながらサーッと離脱してゆく。海面に波紋が残っている。まだそれが消え去らぬうちに次のがくる。そしてまた次のと、それはまさしく、一団

開戦直前、鹿児島湾で低空での襲撃訓練を行なう九七艦攻隊

の空中サーカスであった。こうして連日連夜にわたって猛訓練は続けられ、雷撃隊員の腕はどんどん上達していった。

この訓練の目的は何か。真珠湾攻撃は極秘事項だったので、隊員には一切、知らせなかった。だが誰が考えても不思議な訓練だった。

「一体、水深一〇メートルなどという浅いところに碇泊する艦隊があるのか」

と疑問の声も出た。

「それはそういう事もありうる」

淵田はそう答え、あとは辛いが沈黙を守った。

日本海軍機の魚雷攻撃には定評があった。

それはすべて訓練の賜物《たまもの》だったが、なかでも苛烈を極めたのは夜間の雷撃訓練だった。暗黒の海上を灯火管制を敷いた海上部隊が突っ走ってゆく。それを雷撃機が追跡し、魚雷を放つ訓練だ。艦隊はいかにして雷撃機から逃れるか、また放たれた魚雷を回避するかにしのぎを削った。

訓練はまず照明隊が先行し、艦隊の上空に吊光投弾《ちょうこうとうだん》を投下する。これを見た雷撃隊は徐々に高度を下げ、目標に迫る。その頃、照明隊は艦隊の上に照明弾を投下して艦隊を浮かびあがらせる。これからが本番だ。

雷撃隊は真っ黒い海をジグザグに突っ走る艦艇めがけて肉薄する。艦隊は強烈な探照灯を雷撃機に浴びせ、目潰しを食らわせ、両舷の高角砲、機銃を猛烈に撃ちだして雷撃機を落とそうとする。

また右に左に回避運動を繰り返して飛行機を振り切ろうとし、魚雷が放たれると、その航跡を見定めて魚雷から逃れようとする。

双方とも必死だった。しかし結果は雷撃隊の勝利だった。昼間の場合は九〇パーセントから一〇〇パーセント、夜間でも七五パーセントが命中するようになり、艦艇は飛行機の攻撃に太刀打ちするのが極めて難しいことが明らかになっていった。

日本海軍には依然、艦隊決戦を夢見る人も大勢いたが、現実は航空戦力が海上戦の鍵を握ることがはっきりした。

制空隊の零戦の性能には絶対の自信を持っていたが、雷撃機と水平爆撃機に使用する九七式艦上攻撃機も優秀だった。

この九七式艦上攻撃機は中島飛行機の製作である。

最大速度、高度三〇〇〇メートルで時速三七〇キロ台のスピードを出し、約一〇〇〇キロの航続力があった。信じがたいほどの距離を飛ぶことができるのだ。

　武装は八〇〇キロ魚雷一本、もしくは八〇〇キロ爆弾一発か二五〇キロ爆弾二発あるいは六〇キロ爆弾三発の四種類で、機銃は七・七ミリ旋回一基（後方）、乗員は操縦者、偵察員、電信員の三名が乗り込んだ。

　淵田はこれに乗り、空中から指揮をとった。

「日本海軍の魚雷は世界一だぜ」

　雷撃隊の搭乗員たちが自慢する通り、日本の魚雷は優れていた。日本海軍の魚雷の歴史は大正五年（一九一六）に中島知久平《ちくへい》・機関大尉がフランスで学んで帰り、これを搭載する雷撃機を試作したのが始まりだった。以来、魚雷、雷撃機ともに改良を重ね、世界有数の性能になっていた。

　魚雷の重量は八〇〇キロで、機体から投下されると、いったんは沈むが浮かび上がり、八気筒ピストン型約二〇〇馬力の機関が作動し、四二ノット（約七八キロ）の速力で一定の深度を保ち、二〇〇〇メートルを疾走、目標の艦船に命中する精密な兵器であった。

「うまく当たったときの感触はたまりません」

　雷撃隊を率いる村田重治《しげはる》少佐が言った。

　ただ不発も多く、精度をいかに上げるか、また敵艦に向かっていかに安定して突進するかが鍵だった。それも最近、海軍航空廠・魚雷部の愛甲《あいこう》文雄中佐と片岡政市《まさいち》少佐が水平用ジャイロと安定舵をつけた魚雷を開発し、性能が一段と向上した。

　これは魚雷が飛行機を離れた瞬間に作動し、魚雷を安定させるもので、水深の浅いところでも発射可能になった。

「私はどうも臭いとにらんでいます。隊長、言えないことがあるんじゃないですか。まあ、いいです。この魚雷はいけますよ」

村田少佐が意味深長なことを言った。

降下爆撃には九九式艦上爆撃機を使っていた。

降下爆撃は一発必中の精神で敵艦に向かうため、かなり命中率があった。敵艦に向かって真上から突っ込んでいくのだ。対空砲火でやられる確率も高いので、これはもっとも勇気のいる攻撃法だった。水平爆撃は高い高度から爆弾を投下するので、命中率は低かった。

淵田と源田は訓練の成果を持ち寄り、定期的に話し合いを持ったが、創意工夫をこらすとどんどん成績が上がり、真珠湾攻撃について次第に確信が湧いてくるのだった。

九九式艦上爆撃機は愛知三菱の製作で、これも最大速度は三八〇キロ台、航続距離に至っては一五〇〇キロもあった。武装は二五〇キロ爆弾一発（胴体下面）と六〇キロ爆弾二発（主翼左右下面）で、固定二基（前方）、旋回一基（後方）の七・七ミリ機銃があった。乗員は操縦者一名、偵察員一名である。

それまで爆撃は中国戦線で頻繁になされてきた。台湾の台北と長崎県の大村から爆撃隊が発進し、杭州《こうしゅう》、広徳《こうとく》、南京《なんきん》などへの渡洋爆撃を敢行、さらに漢口《かんこう》や運城《うんじょう》から重慶《じゅうけい》、成都《せいと》、蘭《らん》州《しゅう》などにも爆撃を行なっていた。使われた機種は多彩で、海軍の九六式陸上攻撃機、陸軍の九七式重爆撃機など大型機も加わっていた。

降下爆撃に使用される爆弾は通常爆弾といわれるもので、魚雷にくらべれば小型だった。全長は一メートル八〇センチほどで、重量は約二五〇キロ、しかし破壊力はあった。空母甲板に二、三発おとされると、飛行機の発着艦ができなくなる。

空母にとっては恐ろしい兵器だった。

降下爆撃は約四五度の角度で目標に向かって急降下し、約四〇〇から六〇〇メートルで爆弾を投下、機体を引き起こして退避する。この場合、機体の強度が問題で、何度もの不幸な事故を乗り越えて完成した爆撃法であった。

これも生きるか死ぬかの爆撃であった。それ故に、

「ヘルダイブ」

といわれた。こうした優れた飛行機、魚雷、爆弾、加えて練度の高い搭乗員によって、攻撃には絶対の自信を持てるようになった。

航空母艦は集中配備せよ

(一)

真珠湾攻撃のようなものは例外で、航空母艦群と航空母艦群の間で行なわれる航空決戦こそが、海戦のあり方を決定づけると淵田は考えていた。源田理論の影響である。

兵力は集中して使用すべきものと、源田はいつも言っていた。

兵力の集中使用というのは、空母を分散しないで集中配備し、そこから一斉に飛行機を飛ばして敵の空母群を叩くやり方だ。一隻の空母に搭載できる飛行機の数は知れている。米国艦隊と決戦に及ぶには三〇〇機、四〇〇機と大量の飛行機を飛ばさなければならない。そのためには空母を集中配備し、大量の飛行機を一気に飛ばさなければならない。

従来、このやり方は危険だと言われてきた。空母は防御の面で弱いので集中配備の場合、一度敵に発見されれば、根こそぎやられてしまう、だから分散配備して危険を回避した方がいいという考えだった。

「それは違うぞ」

と最初に異論を唱えたのが源田だった。

「へっぴり腰で戦争なんかできるか」

源田は臆するところがなかった。敵の空母群をやっつけるには、複数の空母から同時に飛行機を飛ばし、同一目標に集中攻撃をかけるという源田理論には説得力があった。

制空隊、雷撃隊、水平爆撃隊、降下爆撃隊が大編隊を組んで敵空母群を襲う。邪魔する敵戦闘機は制空隊の零戦が撃墜、あるいは蹴散らし、その間に降下爆撃隊が急降下して爆弾を叩き付ける。そこへ両舷から雷撃隊が迫り魚雷を発射する。さらに水平爆撃隊が駄目押しの爆弾の雨を降らせるという連携攻撃である。

お互いに空中衝突することなく、これができれば、どんな艦隊でも敵うはずはなかった。この集中攻撃の鍵は味方の空母を集中配備し、最初から大編隊を組んで敵に向かうことだった。

空母がはるか遠くに分散していては、編隊を組めない。

訓練が成果を上げ始めると、今度は具体的な作戦について、淵田と源田のミーティングが重ねられた。

「空母は六隻以上だな」

源田が言った。そこから約八〇機の爆撃隊と雷撃隊、約三〇機の制空隊を発艦させ、敵に向かわせる。味方空母には四〇機の戦闘機を残しておき、敵機の警戒に当たらせる。さらに空母の周辺には巡洋艦、駆逐艦を配備し、敵機が襲来した場合、集中対空砲火を浴びせて撃退する。

源田は図面に書いて、どうだと言わんばかりの顔をした。

「それはいいが、問題は索敵じゃねえか。こちらが奇襲を受けたら、それまでだぜ」

淵田が言う。

「その通りだ。偵察が重要だ」

源田は渋い顔になってうなずいた。恐らくアメリカも考えていることは同じだろう。

要はどちらが先に敵空母艦隊を発見し、奇襲攻撃をかけるかにあった。仮りに敵の奇襲を受けた場合、七〇機の戦闘機で敵の大編隊を防ぎきれるかどうか怪しかった。その意味では空母の集中配備もリスクがあった。

作戦にはすべての双刃《もろは》の剣の要素があった。

いちばん怖いのは、空母が防御に極めて脆弱《ぜいじゃく》な艦だということだった。だだっ広い飛行甲板は、降下爆撃機から見れば、これほど狙いやすいものはなかった。おまけに一発でも爆撃を食らえば、飛行機は発艦も着艦もできなくなるのだ。

爆弾を受けて甲板に穴があいた程度なら修理も可能だが、内部には飛行機の燃料である高品質のガソリンを満載している。それに引火すれば、たちまち大火災となり、手のつけようがなくなる。

爆弾、魚雷も満載している。その誘爆も恐ろしい。誘爆すれば沈没は免れないだろう。そうなれば飛び立って敵艦に向かった飛行機は、帰ってきても着艦すべき空母がない。もはや海上に不時着するしかないのだ。一瞬にして機動部隊全体が壊滅する危険があった。

「そんなことになったら、死んでも死にきれねえな」

と二人が顔を見合わせる時も何度かあった。

淵田と源田は海軍兵学校で同期だったが、歩んできた道はかなり違っていた。

源田は秀才タイプで、広島一中の四年で入学してきたので、年も一つか二つ若かった。

同じ航空畑といっても源田は戦闘機の操縦者であり、「源田サーカス」といわれる派手なアクロバット飛行をやるほどの腕の持ち主だった。弁も立ち、頭も切れる。腕もいいとなれば、頭角を現わすのは目に見えており、英国の日本大使館付・武官補佐官として英独の飛行機や航空戦をつぶさに見てきた。すべての面で自信がみなぎっていた。

一方、淵田は地味な男だと自分では思っていた。

戦闘機に比べたら鈍重な雷撃機乗りである。しかも偵察員だった。万事が縁の下の力持ちといった存在だった。下積みで苦労してきただけに、周囲や部下たちへの気配りに優れていた。

気配りの人である山本長官には遠く及ばないが、部下の信頼も厚かった。だから飛行隊長に選ばれたのだ。淵田は、この作戦に携わる一人ひとりが作戦の意味を理解し、一致団結して事に当たるのが成功への道だと考えていた。

それは苦労人らしい発想だった。源田が安心して淵田に飛行隊を任せた真意も、そこにあった。動と静が一体になって独特の雰囲気を醸し出す。それが人事の妙であり、源田と淵田にはその妙があった。

訓練が仕上げの段階に入ると、有明湾の旗艦「赤城」での打ち合わせが多くなった。艦隊司令長官の南雲中将や第二航空戦隊司令官の山口多聞少将に会う機会も増えた。

山口司令官は当初からハワイ攻撃の支持者で、ハワイ作戦を行なうかどうかの作戦会議で、反対する南雲長官を向こうに回し、「これ以外にない」と言い切った将官だった。

そのときの様子は源田から聞いたが、南雲長官が「真珠湾攻撃はあまりにも投機的すぎる。南方作戦が先だ」と反対したとき、敢然と口を開いたというのだった。

「いまでもはっきり覚えているが、山口さんは、こう言った。アメリカ海軍の闘志は旺盛である。必ずや太平洋艦隊はイギリス、オランダ、豪州の艦隊も糾合して、わが南方作戦に反撃を加えてくる。そうなれば補給線を攪乱され、場合によっては日本本土が攻撃にさらされる。そうなれば収拾がつかない。我々の敵は米空母であり、南方には敵はいない。以上の理由で本職は真珠湾攻撃に全面的に賛成だ、そう言ったのだ」

「それで決まったのか」

「うん、山本長官がじっと耳を傾けておられ、諸官の見解は分かった。しかし、本職の見解もまたあくまで真珠湾の戦いにある。本職が連合艦隊司令長官の職にある限り、この作戦は決行する。そうおっしゃったのだ」

「南雲さんはどんな顔をしていた」

「例の通り渋かったな」

源田が言った。

「まあ、こうなったら俺もやるぜ。しかし南雲さんと山口さん、大丈夫かね」

「気になるが、階級も序列も南雲さんが上だから、なにかとやりにくいことは確かだな」

「いっそ、山口さんを真珠湾の最高指揮官にした方がいいんじゃないか」

「そう思うがね。アメリカの駐在武官をやっていただけに敵の事情にも詳しいし、飛行機も知っている。あの人は判断力と統率力もある。それに山本さんの一の子分だし、年功序列なんかやめて実力主義に切り換えるべきなんだがなあ」

源田がつぶやいた。そんな話を聞くと、淵田としては責任がますます重くなるばかりだった。

その南雲が淵田を見掛けると、よく声をかけて来るようになった。

「淵田君、ご苦労さんだな。腕が上がっているそうじゃないか」

若い頃の気性の激しさは有名だっただけに、ずいぶん丸みを帯びてきたものだと、信じがたい思いもした。

南雲長官は水雷の出身である。雷撃隊の訓練の際は、自ら艦を指揮して魚雷を回避したこともあったが、訓練が進むにつれて飛行機の威力には、ほとほと感心したようで、

「やはり飛行機かなあ、搭乗員には凄い奴らがごろごろいるもんだ」

と、ときおり笑みをもらしたりした。ただし海軍首脳が完全に一枚岩になっているわけではない。最高軍令機関である軍令部の中には、いまだハワイ作戦に疑問を呈する声があり、航空が専門ではない南雲長官は、どうしても心理的にその声に引きずられる面があった。それが、ともすれば、

「大丈夫かねえ」

という言葉の端に出ていた。

軍令部の批判を列挙すると、次のようなものであった。

一、作戦成否の鍵となる機密保持が困難である。作戦には大兵力が必要であり、機密を保持できるとは思えない。

二、ハワイまでは二週間近い航海になる。途中、敵艦船、航空機、あるいは中立国の艦船に遭遇する可能性は十分にある。発見されれば、攻撃は中止もありうることになる。

三、敵は厳重な飛行哨戒を行なっていると見なければならない。ハワイ攻撃前に発見されれば反撃を受け、戦果は期待できない。

四、艦船は航続力が少ないため、途中で洋上給油をしなければならない。機密保持のため冬季、荒れる航路をとることになろうが、その分、燃料補給も困難になる。

五、ハワイの敵艦隊は頻繁《ひんぱん》に出動を繰り返している。このため真珠湾に碇泊《ていはく》していないことがある。その場合、逆に敵空母から攻撃される心配がある。

六、空襲の当日、悪天候の場合は空襲を行なえないことになる。しかし開戦となれば、待てないので強襲となり、被害が増える。

七、真珠湾は浅海なので魚雷攻撃は簡単ではない。もし敵が魚雷防禦網《ぼうぎょ》を張っていると、雷撃の効果はさらに低くなる。

八、水平爆撃も悪天候の場合は効果が著しく減少する。高度が十分にとれないと、戦艦の防禦鋼板を貫徹できにくい。雲が低い日は最悪で、爆撃ができない。急降下爆撃も同様である。

九、石油資源を確保するための南方作戦に、多くの空母が必要である。ハワイ作戦はあまりにも投機的で、下手をすると虎の子の兵力を失い、南方作戦にも重大な支障が出る。

このような理由を挙げて、陰に陽に反対を表明してきた。これに対して、連合艦隊の側は次の点を挙げて反論した。

一、機密保持の方策はある。それほど心配には及ばない。

二、投機的、冒険的な要素が多いことは認めるが、戦争はもともと冒険的なものである。冒険を恐れて戦争はできない。

三、南方作戦は基地航空兵力と陸軍航空兵力で十分である。作戦は対米戦全体として考える必要がある。

四、連合艦隊としては、ハワイの太平洋艦隊が健在である限り、落ち着いて南方作戦を遂行できない。南方作戦の最中に太平洋艦隊が来攻した場合、南洋諸島は次々に奪われるだろう。

こうして頑強にハワイ攻撃を主張し、その線で方向が固まっていた。しかし批判どおり、この作戦は投機的、冒険的であり、手堅い南雲長官としては、その胸中から不安が消えることはなかった。事実、南雲長官はもう一度、土壇場で反対の意見を開陳する。

「後は運だな」

源田は何を言われても平然と言ってのけた。源田は実戦で数多くの修羅場をくぐっており、戦争は冒険と思っていた。なぜか日本海軍の参謀には楽天家が多かった。図上演習では、アメリカ艦隊に発見されることなく、わが軍はハワイに近づき、奇襲に成功するサクセス・ストーリーが前提だった。またさらに、敵の戦闘機は飛来せず、真珠湾の上空にも敵機の姿はなく、こちらは意のままに攻撃するというものだった。

敵が待ち構えていた場合、どうするかはあまり考えていなかった。その意味では独りよがりというか、奇跡への挑戦に近いものがあった。

世界的に見ると唯一、成功例があった。一年ほど前、英国・地中海艦隊の空母「イラストリアス」から発進した二〇機ほどの攻撃機が、イタリア半島南部にある軍港の伊艦隊を夜襲し、わずか二機の損害で戦艦三隻に大きな損害を与えていた。しかもこの港の水深は浅く、真珠湾とほぼ同じだった。

「まあ、不可能ではないということだ。訓練をきちんとやり、後は運を天にまかせ突っ込めば道は開ける」

源田は言い、淵田も「お前は空母で見ていればいいが、俺は大変だ」と顔を見合わせて笑ったが、心のどこかには不安はあった。

（二）

それに比べて終始一貫、変わらなかったのは連合艦隊の山本長官であった。不動の姿勢といってよかった。

日本人の科学技術の優秀性、兵の練度の高さを世界に示し、戦争を有利に展開させるという信念があった。その科学技術だが、水準の高さは空母にも遺憾なく発揮されていた。日本海軍は第一次大戦後、空母の用兵的価値を重視し、大正十一年（一九二二）に第一号の空母「鳳翔《ほうしょう》」を完成させた。当時、本格的な空母はどこにもなく、英空母「アーガス」「イーグル」「フューリアス」、米空母「ラングレー」などは改造空母であり、「鳳翔」こそが世界で初めて空母として完成した艦であった。

続いて「蒼龍《そうりゅう》」「飛龍《ひりゅう》」「翔鶴《しょうかく》」「瑞鶴《ずいかく》」を竣工。昭和十六年（一九四一）末現在の保有空母は「蒼龍」「飛龍」「翔鶴」「瑞鶴」に加え、「鳳翔」「赤城」「加賀」「龍驤《りゅうじょう》」「瑞鳳《ずいほう》」「春日丸」（後の大鷹《たいよう》）を合わせて一〇隻であった。ちなみにアメリカとイギリスは護衛空母、商船改造空母を含めてともに八隻、日本は世界最強の空母王国だった。

「我々の先輩もたいしたもんだよ」

淵田は源田を相手に、ときおり空母論議をかわした。

日本海軍で最初に空母への着艦に挑戦したのは、吉良俊一大尉であった。ときは大正十二年で、母艦は排水量七五〇〇トンの「鳳翔」だった。

「この人は凄いひとでな。あるとき甲板から滑り落ちたそうだ。そのまま海に沈んだ。浮かび上がらない飛行機も多かっただけに、皆、固唾《かたず》を呑んで見守ったそうだ」

「俺も聞いたなぁ。海からはい上がって手旗信号を送ったというんだろう」

「ただちに予備機を用意されたい。すごい話だよ」

「まったくだ。それから二十年近くなる。飛行機を海に落としても、目くじら立てないところがよかったな」

二人は、少年のように目を輝かせた。

日本海軍が誇る四万トン級の大型空母「赤城」と「加賀」は大正十年のワシントン軍縮会議の結果、生まれた空母であった。主力艦は廃棄されることになったが、空母への改造は認められたので巡洋戦艦「赤城」と戦艦「加賀」が空母に転用された。「赤城」は昭和二年（一九二七）、「加賀」は翌三年に竣工した。アメリカでは「レキシントン」「サラトガ」が同様の経緯で作られた。

「赤城」「加賀」とも何度かの改造を重ね、最終的に「赤城」は甲板の長さが二四九・二メートル、幅は三〇・五メートル、搭載機数は予備機も含めて九〇機、さらに爆弾、魚雷、航空燃料に関して全機が三回、攻撃できる分量が積み込まれる格納装置を持った。

第一航空艦隊旗艦「赤城」。当時、世界最大級の航空母艦だった

「加賀」も飛行甲板の長さが二四八メートルあり、搭載機数も予備機を含めて約九〇機で、収容量は「赤城」とほぼ同じだった。

これらの一〇隻に加え続々と建造中で、日本海軍は最終的にはこの戦争に二五隻の空母を使った。ほかに四隻が建造なかばだった。このなかで「蒼龍」と「飛龍」は日本海軍初の近代空母であった。

船体はともに重巡洋艦型の高速船体で、「蒼龍」「飛龍」とも飛行甲板長は二一六・九メートル。搭載機は予備機も含めて両艦とも七三機の収容が可能だった。

もっと新しい「翔鶴」と「瑞鶴」は、わが国の空母技術の総決算で、横須賀海軍工廠と神戸の川崎重工が総力をあげて竣工させた。当時、空母の建造能力を持っていたのは横須賀と呉の海軍工廠と、民間では三菱・長崎造船所と神戸・川崎重工艦船工場だった。

資源に乏しく、しかも国内の工業力が欧米に比べて低かったにもかかわらず、これらの空母を短期間に仕上げたのは、日本人の勤勉さと、すぐれた計画設計、芸術的な建造技術の賜物だった。

艦内に目を移すと、空母は海軍の縮図だった。

飛行機があって、搭乗員が乗っているという単純なものではなかった。

艦長は軍艦の最高責任者である。階級は大佐で、その下に副長がいる。さらに飛行科、整備科、砲術科、通信科、航海科、艦の保守管理や食事、艦内の事務処理に当たる運用科、機関科、工作科、医務科、主計科などに分かれ、乗員は一〇〇〇名を超える一大航空基地であった。

「誰が誰やら多すぎて分からんよ」

淵田はよくぼやいたものだった。おまけに艦内は迷路のようになっている。はまり込むと迷子になりそうであった。新兵はよく迷って古参兵にどやされていた。

ここで月月火水木金金の特訓が行なわれ、空母の運用も世界に冠たるものがあった。

歴史上、空母を自力で建造し、保有した国は米、英、仏、露、日の五カ国である。

巨大空母の建造費は原子力空母で約五〇億ドル、一ドル一一〇円として約五五〇〇億円。これに搭載機の調達費、人件費などの年間維持費は護衛艦艇を含めて約一四〇億ドル、約一兆五四〇〇億円といわれている。米海軍がいかに凄いかだ。

日本の海上自衛隊に空母はないが、その空母をかつて日本は大量に保有し、アメリカと並ぶ世界の空母王国だったというのは、驚嘆に値することである。

山本長官の鼻息の荒さも、うなずけるというものだった。

空母は無風のときでも発着可能とするため、速力は「鳳翔」「春日丸」を除いて、いずれも二八ノット（約五二キロ）を超えていた。

空母から飛行機を発艦させる場合は、格納庫からエレベーターで上げ、飛行甲板の前方を五〇メートルから七〇メートルあけて三列に並べ、艦首を風の正面に向ける。速力をあげて、風速を一三メートルないし一五メートルになるようにし、まず制空隊の零戦を発艦させる。次に降下爆撃隊の艦爆、最後に雷撃隊、水平爆撃隊の艦攻を飛ばすのが普通だった。

着艦は飛行甲板の後部に数本のワイヤーが張ってあり、機体の着艦フックをワイヤーにひっかけて飛行機を停止させた。しかし制止できずに海に落ちることもしばしばあった。そこで、搭乗員を救助するため必ず駆逐艦が一緒に行動していた。

「それ、トンボ釣りだ」

飛行機が落ちると淵田は艦橋に走って、駆逐艦による救助を見守った。

乾坤一擲《けんこんいってき》の作戦

㈠

第一航空艦隊の草鹿参謀長が艦隊所属の飛行長、飛行隊長らを空母「加賀」に招集し、真珠湾攻撃について説明したのは、昭和十六年十月七日であった。

「そいつは凄《すげ》えや」

と第一番に声をあげたのは、雷撃の鬼・村田重治少佐。皆、ワッと喚声を挙げ、「そうだったのか」と肩を叩きあった。

だが実はこの陰には、きわどい逆転劇があった。

南雲長官がこの段階になって自信が持てなくなり、「どうしても投機的である」と渋り出した。これに南方方面を担当する第十一航空艦隊の大西瀧治郎参謀長も加わり、第一航空艦隊と第十一航空艦隊の合同会議では、山本長官を説得すべしということになった。真珠湾攻撃の計画をひっくり返してしまったのだ。

草鹿龍之介と大西瀧治郎の二人は、おそるおそる連合艦隊の旗艦「長門《ながと》」に山本長官を訪ね、全体の意向を伝えた。

山本長官は黙って聞いていたが、じろりと二人を見渡して、怒りを爆発させた。

「君らは南方の資源さえ手に入ればいいと言うのか。ハワイに敵艦隊がおれば、いずれ東京、大阪は空襲されるぞ。それでもいいのか。そう投機的だ、投機的だと言うなよ。僕が連合艦隊司令長官である限り、ハワイ奇襲はどうしてもやる。何を考えているッ」

憤然と言い切った。結局、既定方針どおりに、ハワイ攻撃は再確認された。

空母は最初、航続距離の長い「加賀」「翔鶴」「瑞鶴」の三隻の予定だったが、「蒼龍」「飛龍」を統括する第二航空戦隊の山口多聞司令官が猛反対し、「赤城」「蒼龍」「飛龍」も加わる六隻の使用が決まった。

空母のほかに敵艦隊との戦闘も考慮し、戦艦「比叡」「霧島」、巡洋艦「利根」「筑摩」「阿武隈」、駆逐艦「谷風」「浦風」「浜風」「磯風」「陽炎《かげろう》」「不知火《しらぬい》」「霞《かすみ》」「霰《あられ》」「秋雲」が選ばれた。

村田重治少佐

途中、給油が必要である。
大型高速の最新鋭の一万トン級のタンカー七隻も配備された。「極東丸」「健洋丸」「国洋丸」「神国丸」「東邦丸」「東栄丸」「日本丸」などである。さらに潜水艦部隊も加わることになった。「伊一九」「伊二一」「伊二三」である。
連合艦隊あげての大作戦であった。

航路が決定したのも、十月に入ってからであった。

第一航空艦隊では北太平洋全般の海の気象の資料を集め、ハワイ諸島周辺の海流のうねり、視界、天候などについて過去十年間の気象統計を分析した。そして北緯四〇度線の航路は、敵飛行機の哨戒圏外にあり、冬期間は海が荒れるため商船も極めて少ないことを割り出した。半面、太平洋高気圧と極地高気圧が会合するため天候は悪く、天体観測や洋上給油に支障を来す公算も大だった。成功率六〇パーセントというのが、気象参謀の見解だった。しかし敵に発見されずにハワイに接近するには、これしかない。しかも注目すべきデータは、十一月、十二月のハワイの気象はすこぶるよく、雲に覆われても真珠湾の上は晴れているという統計だった。

天運がありそうな雰囲気だった。

「どうにかなりそうだぞ」

淵田は良い方に解釈して自分を落ち着かせた。

そこから集合地として千島列島の択捉《えとろふ》島が浮上した。そこの単冠《ひとかっぷ》湾は天然の良港であり、島民も少なく、機密保持にはもってこいの場所であった。

攻撃隊の発艦後、機動部隊は二〇ノット（約三七キロ）の速度で、オアフ島の北方に退避し、島から三〇〇海里（約五五〇キロ）の地点で攻撃機を収容し、翌日、補給隊から燃料の補給を受け、長駆、瀬戸内海に帰航するとした。

これには源田参謀が反対した。

「冗談じゃないよ。飛行隊が決死の思いで攻撃に向かっているというのに、空母がへっぴり腰で逃げる算段では、士気をそがれるよ。飛行機は傷ついて帰ってくるのもいるんだ」

と言い、淵田も「そうだ」と言った。

「淵田、俺がつぶしてくる」

源田は息まき、結局、この案は撤回された。収容地点はできるだけオアフ島に近いところとされた。

源田は男だと淵田は思った。

真珠湾の米海軍も敵機の来襲となれば、それこそ必死で反撃するだろう。どんなに条件がよくても全機帰還はありえなかった。何機かは対空砲火を浴びて撃墜されるだろう。撃墜されなくても被弾する飛行機は多いだろう。搭乗員の負傷もあるだろう。それなのに空母が遠く離れていては、助かる飛行機も助からなくなる。

淵田にとって源田の言うことは、まったくもっともで、早速、搭乗員にこのことを知らせた。搭乗員はこれによって、いっそう奮い立った。

攻撃計画もできあがった。

攻撃目標はあくまでハワイの米太平洋艦隊の戦艦、空母で、敵戦闘機とはやむを得ない場合のみ戦うとした。

攻撃隊は零式艦上戦闘機、九九式艦上爆撃機、九七式艦上攻撃機で制空隊、雷撃隊、降下爆撃隊、水平爆撃隊を編成し、真珠湾から三〇〇海里の地点から発艦、真珠湾に向かうとした。この数字は、ハワイ・米海軍の艦載機の行動半径は三〇〇海里という情報によって決められた。

ただし米海軍の哨戒飛行艇の飛行範囲は三〇〇海里から六〇〇海里といわれ、要警戒であった。飛行艇を発見したときは、いち早く撃墜する必要があった。

攻撃隊は第一次と第二次に分けて発艦し、その後、順次、攻撃隊を母艦に収容することにした。

攻撃時間は夜間という案もあったが、技量に問題もあり黎明発艦、昼間攻撃となった。

ハワイの米海軍については三つの行動が考えられた。

空母、戦艦とも真珠湾に碇泊している。これが最良のケースだった。次は空母だけが碇泊している場合。三番目が戦艦だけが碇泊している場合。最悪は空母、戦艦とも訓練中というケースだった。だから偵察は欠かせなかった。もっともいい方法は偵察機を飛ばすことだが、早すぎると空襲と警戒され、本隊が迎撃される恐れがあった。

そこで潜水艦の隠密偵察に頼ることにし、偵察飛行は攻撃隊発進の直前に零式水上偵察機二機を使って、ラハイナ泊地と真珠湾に向かわせることにした。

航空攻撃は練度の高い第一、第二航空戦隊の飛行機が艦船攻撃に向かい、訓練不十分の第五航空戦隊が飛行場攻撃を担当することにした。

淵田はもちろん第一次攻撃隊を率いて艦船攻撃を指揮する。その一点に精神を集中させておけばいいが、源田は作戦計画の重責を担っており、不眠不休の状態だった。これは日本国の命運を決める大作戦であり、日本人の知力、胆力、計画性、それを支える航空産業、造船産業、数多くの学者、研究者、技術者、それを取り巻く何万、いや何十万、何百万という人々の血と汗と涙の結晶であった。

一海軍のみによって行なわれる攻撃ではない。日本人の手による世紀の大決戦である。

日本人は過去に国運を賭けてロシアと戦い、日本海海戦や旅順要塞における攻防戦を経験したが、今回の敵はロシアの比ではなく、世界最強の軍事大国アメリカである。まさに伸るか反るか、日本の命運をかけた戦争となるのだ。

山本司令長官は十月九日に「長門」の艦上で、幹部を集め訓示した。

「帝国は日ならずして米英蘭など数ヵ国に武力を発動して、自衛の活路を求めるのやむなきに到らんとしつつあり。戦勝の道は容易ではないが、深慮遠謀《しんりょえんぼう》、画策を密にし、忠誠の一念を以《もっ》て勇猛果敢に事に当たれば絶対に勝てる。諸君は連合艦隊の使命達成に万々、違算なきことを期すべし」

一般の兵にはまだ伏せられていたが、幹部は不動の姿勢で聞き入り、胸を震わせ、必勝を期したのであった。

（二）

淵田は十月十五日付けで海軍中佐に昇進、十一月十五日の終了を目標に、最後の訓練に励んだ。

各隊とも技量は最高の水準に達していた。

爆撃隊は午前中は単機爆撃で、三弾持っていって一発ずつ投下訓練し、午後は編隊による水平爆撃、夜間は雷撃と猛訓練を続け、九月以降は外出禁止に近かった。

この間、何度か成績を調べたが、動く艦船に対する水平爆撃の平均命中率は一〇パーセント、急降下爆撃は四〇パーセントに達した。

固定した標的に対しては、ほぼ一〇〇パーセント近い成功率をおさめた。

雷撃は浅海面魚雷の完成が遅れたため擬襲《ぎしゅう》訓練が続いたが、十月三十日にようやく完成し、十一月一日から実射訓練を行なうことができた。実射の回数は少なかったが、飛行機の高度、速度、操縦者の姿勢は何度も反復訓練していたので、成績は非常によかった。

戦闘機は空戦を念頭に入れて訓練し、吹き流しを標的とする実弾射撃にも力を入れた。航法についても厳しい訓練を施し、母艦に帰還できない事態が起こらぬよう指導した。

日本海軍が誇る零戦は堀越二郎ら三菱重工・名古屋航空機製作所の設計陣によって開発された名機であった。ドイツの戦闘機メッサーシュミットやハインケル、イギリスのスピットファイアーなどが、時速六〇〇キロ近い速度を出したと発表されるや、日本海軍は昭和十二年、三菱重工に対し、最大速度は高度四〇〇〇メートルで二七〇ノット（約五〇〇キロ）以上、上昇力は高度三〇〇〇メートルまで三分三十秒以内、武装は七・七ミリ機銃二基（機首）、二〇ミリ機銃二基（主翼）という要求を出した。それに応じて設計、製作されたのが零戦だった。

その後、何度か改良を重ね、零戦は三菱で約三八〇〇機、中島飛行機で約六二〇〇機、合わせて約一万機が生産された。その離昇能力、上昇力、急降下性能、最高速力、旋回能力、格闘戦能力、航続力は、ともに世界のトップレベルで、昭和十七年の半ばごろまで向かうところ敵なしだった。ただ航続距離を延ばすため機体を軽くしており、その分、防禦設備がほとんどない致命的な欠陥があったが、搭乗員はさほど気にすることなく、性能には絶対の自信を持っていた。

なんといっても最大の特徴は、世界の一級品を作るという、設計者のプライドが全体を貫いていることだった。

飛行機はどのようにして目的地にたどり着き、また帰ってくるのか。

戦闘機の泣き所は航法であった。

「いいか、ハトでも帰ってこれるんだ」

淵田はまずこのことを基本に据え、徹底的に叩き込んだ。

いくら魚雷攻撃に長《た》けても、目的地に行き着かなければ話の外だ。

現在なら計器飛行という手段があるが、当時は有視界飛行のようなものであった。陸軍機の場合は地上の事物に頼ったが、海上を飛ぶ海軍機は戦う前に目標物のない海上を飛び、戦闘の後、ふたたび洋上を母艦に帰ってくるのは、想像しただけでも大変なことであった。これで何百キロも飛ぶのだから、超人的としか言いようがない。

二人乗り以上の飛行機には偵察員が同乗しているため、無線電信による交信や航法によって機位を確認できるので、まだしもいい。だが、制空隊の零戦は単座戦闘機なので、すべて一人でやらなければならなかった。飛び慣れた陸上の場合は晴れていれば地形、建物を見ながら方向を決めることができたが、洋上の場合は至難の業だった。山勘《やまかん》航法ではどうにもならない。

そこで零戦にはク式無線帰投方位測定器、クルシーというアメリカ製の無線機が配備された。操縦者の後方、風防内にループアンテナがあり、スイッチを入れると、向かう方向のラジオ局の電波を受けることができる。飛行機はその電波を受けながらクルシー専用の計器で針の中心、〇度の位置を保持し、飛び続ける。

そうすると、最後は放送局の電波発射塔の真上にたどりつくという仕組みになっていた。これがあれば雲の中でも雲の上でも、夜間でも操縦を誤ることなく、目的地にたどりつくことができた。

しかし、何分にもアメリカからの輸入品のため品不足で、開戦になるや入ってこなくなり、いつしか消えてしまった。淵田機はこれを搭載しており、ハワイの放送局の電波を受信することが出来るが、全機にはついておらず、誘導が必要だった。

日本の飛行機は性能がよかったが、電子機器となるとひどく遅れていた。ハワイ攻撃の場合は電波を封鎖していることもあって、特に帰路は心配だった。

「オヤジさん、どうも無線機や電波は向こうがいいですなあ。どうして日本は遅れてるんですかねえ」

雷撃隊指揮官の村田重治少佐もこれを気にしていた。

飛行機は風に影響されやすく、横風で大きく流されるので、偏流《へんりゅう》測定も大事である。制空隊の搭乗員には空戦の訓練のほかに、一人で飛行機を飛ばして目的地に向かい、また帰ってくるという、もっとも重要な基本行動の訓練があり、この方も重要だった。

天候はいつ急変するか分からない。ベテランの隊長機について飛んでいても悪天候になれば、もうお互いに見えなくなるわけで、方向感覚を失い、洋上に墜落する飛行機も多かった。

淵田の心配もそこにあった。

もう一つ、淵田の悩みの種は、ハワイ攻撃はいいとして、本格的な戦闘に入った場合、熟練搭乗員の不足が表面化してくることだった。

一人の搭乗員を養成するには二年、三年という時間がかかった。この時期の海軍が保有する操縦者の数は約三五〇〇名弱だったが、空母の搭乗員となると、ぐっと少なくなり、とにかく一名でも死なせるわけには行かなかった。

「淵田、奴らは俺たちを甘く見ているな。大いに助かるよ」

源田が言い、一冊の雑誌を見せてくれた。

アメリカの航空雑誌『エビエーション』である。

「日本の操縦士は世界一の事故率を示し、日華事変では中国の操縦士に劣り、養成数は年間一〇〇〇名たらずだ。航空工業は小規模で、原料も乏しい。工作機械設備も貧弱で、米英を敵にしてしまうと、もはやどこからも工業製品を求めることはできない」

とあり、相手にもしていなかった。米海軍は日本海軍の飛行部隊について、さほどの知識を持っていなかった。零戦についても同様で、米国も英国も日本に対して偏見を抱いており、すべて一段も二段も下と見てタカをくっていた。

いわれて見れば、そういう部分もあったが、実際とはかなりかけ離れていた。そこも付け目といえば付け目だった。ただし戦争が長期化すれば、問題山積であり、日本は次第に追われる立場になることは明白で、山本長官がそれを、もっとも気にしていた。

太平洋の波高し

(一)

戦後の一般的な理解として、太平洋戦争は軍部が突っ走って起こしたという短絡的な見方が強いが、そうとばかりは言えなかった。

太平洋戦争開戦から数えて五十年目の平成三年(一九九一)、太平洋戦争を考える各種のシンポジウムが催され、テレビの特集番組が放送された。

NHKの「ドキュメント太平洋戦争」は右でも左でもなく、客観的に太平洋戦争を描いたというだけあって、日本の外交政策の問題点も鋭く指摘していた。

日米の学者が集まり、「山中湖会議」というのも開かれた。

その会議で注目すべき意見が数々あった。

たとえば「太平洋戦争はヨーロッパにおける戦争の副産物だった」という意見があった。もしヨーロッパにナチスドイツの台頭がなければ、日米両国の戦争はなかったというのであった。日本の外交陣や陸軍はドイツを高く評価し、日独伊三国同盟を締結した。海軍首脳は

反対したが、ときの外相・松岡洋右《ようすけ》が英米派の首を切って推し進めた。このとき山本五十六は、

「馬鹿なことをする」

と唇を噛んでいる。

日露戦争で日本が勝利したのは、米英の支援の賜物《たまもの》だった。日本海軍の基礎は英国であり、なにもドイツと手を結び、米英を刺激することはないというのが、山本の意見だった。

ドイツの台頭に刺激された日本はアジアに進出し、アジアに権益を持つイギリスに脅威の念を抱かせた。しかしイギリスはしたたかだった。日本との外交交渉をアメリカに委任し、アメリカが正面に立ちはだかった。

日本が資源を求めて南部仏印（フランス領インドシナ）に進駐すると、アメリカは石油、屑鉄などの戦略物資を輸出禁止し、いわゆる対日経済封鎖に踏み切った。アメリカと事を構えて本当に勝てるのか。日本政府は大幅に譲歩して、南部仏印からの日本軍の撤退を提案したが、アメリカは拒絶した。さればと持ち掛けた日米首脳会談も断られた。日本は資源を確保するために、自存自衛の戦争に追い込まれていった。

明治以降の日本には、ロシアの軍事的な脅威を阻止するため満州を死守しなければならないという基本的姿勢があった。その結果、中国のナショナリズムが対立し、抜き差しならない関係になっていた。これも太平洋戦争の遠因だった。

ともあれ日本は重大な危機にあった。

現代の感覚でいっても石油を止められれば、どうなるか。オイルショックのとき、一部でパニックも見られたが、完全にストップすれば、国民生活は破綻するであろう。しかし太平洋戦争直前の民需石油は、今日に比べれば遥かに少なかった。問題は航空機や軍艦、軍の車両の燃料だった。軍の衝撃は大きかった。石油の備蓄のあるうちに開戦に踏み切る。そうした考えが俄かに浮上した。

日本政府が開戦もあると判断したのは、昭和十六年九月六日の御前会議であった。

「エッ、本当にやるの」

連合艦隊の首脳は日米戦争を疑問視した。山本長官もそうだったし、軍令部次長だった伊藤整一、第二航空戦隊司令官の山口多聞らも「とんでもない」としぶった。彼らはともに米国駐在武官の経験者で、アメリカの底力を熟知していた。しかし国家が戦争に踏み切るとなれば、軍人たる以上、やるしかない。そのときは全力を尽くして米艦隊を叩き、敵の戦意を失わせ、外交交渉で一気に戦争を終結させる。

「これしかないな」

と山本長官は考えた。

近衛首相は判断に困り退陣してしまい、後継の首相となったのは、陸軍の東条英機《ひでき》である。

東条は陸軍大臣と内務大臣を兼務し、海軍大臣は嶋田繁太郎、外務大臣は東郷茂徳《しげのり》だった。

東条というとすぐ戦争を連想するが、東条自身は、なにがなんでも戦争ではなかった。

東条首相はどう考えていたのか。

「政府は、なんとかして日米関係を打開したいという切なる希望は捨てていない。一方、陸海軍からすれば、ほとんど見込みのない交渉であるから、一途に作戦に入るのは当然である。すなわち外交と作戦の二本立てとしたのである。米国は、日本は経済的に降伏すると思っているだろうが、日本が場合によっては戦うと決意したことが分かれば、その時期こそ、外交的な手段を打つべきときだと考える。私はこの方法だけが残された唯一のものと思う。長期戦には困難があり、若干の不安もあるが、現在のように米のなすままにさせていたら、どうなるであろう。二年後には油がなくなる。船が動かず、南西太平洋の防備強化、米艦隊の増加、中国情勢などを考えると、複雑である。国内が長年月、これに耐えられるだろうか。といって、座して二、三年を過ごせば、三等国になる心配がある」

東条首相は苦しい胸のうちを表明していた。

(二)

開戦が迫った十一月五日の、御前会議における軍部の記録が残されている。

杉山元《はじめ》・陸軍参謀総長——

「ドイツの東亜情勢に及ぼす影響は増大することが予想される。その点から日本の開戦時期は遅れてもいいが、作戦上から見るときわめて不利で、積極作戦ができなくなる。時間が経過すると、日米の軍備の比率がますます広がる。特に航空兵力の差は急速に増大する。米軍のフィリピン防備も進み、航空基地もフィリピンに五ヵ所、マレーに六ヵ所、整備させ、陸軍兵力も増大中である。明春になると季節の関係で、中国での戦闘も激化する。日本は南北両面作戦となるので、速やかに開戦すべきである」

この人は日米開戦の推進者で、戦後、自決している。

永野修身《おさみ》・海軍軍令部総長――

「日本海軍としては開戦後、二年間は必勝の確信がある。しかし将来にわたっては、予見できない。対米戦争で我々がもっとも苦痛とするところは、敵の本拠地を衝き得ないことである。米の海上交通を妨害しても、その効果は絶対ではない。ただ米英連合軍の弱点は英国である。海上交通を遮断すれば英は屈伏せざるを得ない。

ドイツが英本土上陸作戦に成功すれば、さらに有利になる。だから英を屈伏せしめ、一蓮托生の英米を圧することである」

永野はアメリカのハーバード大学に学んだアメリカ通だが、海軍の作戦を立案する最高責任者がドイツ次第というのは、信じがたいことだった。山本に言わせれば、

「永野さんは、おめでたいからな」

ということになるのだが、御前会議はいささかお粗末の謗《そし》りは免れなかった。

「どうもドイツを頼りにする連中が多いが、ドイツなんて信用できないよ」

山本長官は否定的だったが、陸軍はドイツ、ドイツと高く評価し、それが海軍にも伝染していた。

「ヒットラーなんて、君、頭がおかしいよ」

という山本長官の毒舌も、全く効き目がなくなっていた。

日本がこれほどまでに頼りにしたドイツとは、一体いかなる政治・軍事体制だったのか。

日本が満州事変によって国際社会から非難され、ついに国際連盟を脱退した昭和八年（一九三三）、ドイツにヒットラー政権が誕生した。

ヒットラーはナチス党以外の政党は認めず、ヒットラーを絶対とする独裁国家をつくりあげ、日本に続いて国際連盟を脱退、ヨーロッパの異端児として躍り出た。

この独裁軍事国家は一九三九年（昭和十四年）九月一日、ポーランドに侵攻し、ついでデンマーク、ノルウェーに侵入、オランダ、ベルギー、ルクセンブルクを攻め、三〇万の英国兵を英仏海峡に追い詰め、さらにフランスに攻め入り、パリを占領した。この電撃作戦に日本陸軍は驚異の目を見張った。

しかしドイツがロシアにも侵攻したことで、様子が変わってきたが、アメリカとの対立が深まるなかで陸軍は急速にドイツ依存の体質を強くした。

ドイツと連携すればするほどアメリカの態度は硬化した。昭和十六年十月二日、アメリカ政府は日本の野村吉三郎《きちさぶろう》大使に、中国および仏印からの日本の全面撤退を厳しく要求するに至った。拒否すれば残された道は戦争である。近衛首相が内閣を投げ出したのは、このときだった。

十一月五日の御前会議は、アメリカに屈伏し、中国から全面撤退するかどうかという瀬戸際の会議だった。満州国も失うのだ。戦争しかないという空気が会議にみなぎり、永野軍令部総長は、具体的な海軍作戦計画の大要を昭和天皇に奏上した。

おめでたいと山本に陰口を叩かれた永野もこのときは、顔面蒼白だった。

「第一航空艦隊司令長官の率いる空母六隻が、ハワイの敵主力艦隊を空襲する。この奇襲作戦は桶狭間《おけはざま》の戦いにも比すべき大胆な作戦であり、当日、敵艦隊が在泊している限り、戦艦および空母、各二、三隻の撃沈は可能である。

第二艦隊はフィリピン周辺と南支那海の航空部隊とともに、敵艦艇を求めてこれを撃滅し、陸軍攻略兵団の海上輸送路を確保する。第三艦隊は第一艦隊、第二艦隊の水雷戦隊を加え、マレー攻略兵団の輸送護衛、援護に当たる。第四艦隊はラバウル攻略兵団の輸送、上陸援護に当たる。第五艦隊は日本の東方方面の哨戒に当たる。第六艦隊は開戦数日前からハワイの監視任務に当たる。敵の通商破壊のため潜水部隊の一部を米国西海岸、インド方面に派遣する」

こう読み上げ、ハワイ作戦は間違いなく成功すると震え声で述べた。

問題は、持久戦になったとき、どうするかと天皇からご下問があった。

「見通しはきわめて困難ですが、年月の経過とともに通商保護のための小型艦艇、沿岸哨戒の飛行機も整備され、海上交通線の保護は可能になります。またドイツと緊密に連携することで通商破壊戦を実施し、豪州を米英から孤立させることが可能でございます」

永野軍令部総長はこう説明した。やはりドイツ頼みだった。

驚くべきは輸送船を護衛する艦艇はなく、これから整備するという部分だった。

南方で確保した資源をどのように日本に輸送するかが、練られていなかった。これから通商保護の対策を練るというのは、いかにも泥縄式であった。

山本も、この点は手抜かりがあった。

日本の戦争計画、作戦計画はすべてドイツがヨーロッパで勝利を収めるであろうこと、最悪の場合でも不敗であるとの大前提にたって立案された嫌いがあった。日本が真珠湾攻撃のとき、すでにドイツ軍の力は伸びきっており、モスクワ方面で敗退していた。日本は世界情勢の分析力の点で、最初から大問題を内包していた。

実際、なんとも皮肉なことだが、ドイツ軍がモスクワ攻撃に失敗したのは、日本の対米開戦の日の昭和十六年十二月八日である。ドイツが敗退しているという事実をよく摑んでおれば、開戦論は水をさされ、対米交渉も変わってきたことは間違いなかった。

なぜこのことが討議されなかったのか。情報が入っていなかったのか、あるいは誰かが握りつぶしたのか、多くの謎がいまだに残っている。

アメリカは日本の軍事力をどう見ていたか。

陸海軍統合会議は、この年の夏の段階で次のような見解を出していた。

「日本の目標は日本を盟主とする大東亜共栄圏の樹立である。この共栄圏は終局的には東シベリア、中国東部、インドシナ、タイ、マレー半島、オランダ領東インド、フィリピン諸島、そしてできればビルマを包含するというのが、日本の野心である。

その成功のためには強力な航空部隊、相当の海軍兵力、大規模な地上軍が必要である。日本は装備と原料に不足しているから、同時に北方と南方を攻撃することはありそうもない。また中国国民党軍のこれ以上の抵抗を排除するために、インドシナ北部から雲南を目指して攻撃に出るかもしれない。予想される日本の行動は日本から相当離れたところでなされるため、日本が執拗かつ長期にわたる抵抗に出会うならば、十分な資源と工業力の不足のゆえに、日本が攻撃を続行できるかどうかは疑問である。ただ日本は今後、数ヵ月以内に以上の目標のうちの、いずれかを完遂できるかもしれない」

日本の攻撃を予測し、緒戦での勝利はありうるとしていたが、長期戦になれば敗北すると結論づけていた。その点では日本海軍と同じ見方だった。

海軍にとって石油は命の次に大事だった。

この時期の日本海軍の重油の貯蔵量は三五〇万キロに過ぎなかった。たった一年の消費量である。輸入の九〇パーセントをアメリカに頼っており、そのアメリカと戦争をするという発想は今日の感覚でいえば、あり得ぬことであった。

「源田よ、石油は大丈夫かね」

淵田も気になって聞いたことがある。

「南方の石油を当てにしているが、まあ戦争は投機だから、そこがうまく行かなければ負けるなあ」

「おいおい、そうあっさり言われては困るぜ」

「うん、これは最新情報だが、山本さんに若干の心境の変化があったらしいな」

「どういうことだ」

「永野さんに言ったらしい。始まったら長期戦になるよ。日本が有利な戦いを続けている限り、アメリカは戦争をやめない。戦争は数年にわたり、日本は資材を消耗し、艦船、飛行機、兵器の補充は困難になろう。結果として国民生活は困窮し、朝鮮、台湾、支那に不平が生じ、収拾は難しくなる。このような成算のない戦争はなすべきにあらずかな、とまあこう言ったらしい」

「それで、どうなった」

「永野さんは体を震わせながら、もう止まらないと言ったようだ。十一月五日の御前会議のあと、東京に呼ばれた山本さんは親友の堀悌吉《ていきち》さんに、とうとう決まったよと落胆した表情で言い、海軍省の軍務局に立ち寄って、野村大使は偉い人だから、なんとか日米交渉をまとめてくれるだろうと言ったそうだ」

「心ぼそい話だね。そうであれば山本さんも、もっと強硬に反対すべきじゃねえのかい」

「ううん、難しいよ、なにせアメリカが戦争をしたがっているんだから。中国から手を引けと、いま言われても引けるかい。それを承知でふっかけて来たんだ。もう戦争だよ」

　源田は撫然として言った。

　山本さんは危惧を抱いたまま戦争に突入するのか。残された道は緒戦で徹底的にアメリカ太平洋艦隊を叩き、日米の勢力のバランスを破り、アメリカにハンディキャップを負わせるしかないのか。

「我々は罠にはめられたのさ。百も承知で戦いの指揮をとる。その山本さんを男にしてやろうじゃないか」

源田は息まいた。

淵田は山本の心境を思いやった。

この真珠湾攻撃からして、アメリカに挑まれ、苦しまぎれに山本の頭に浮かんだ作戦に違いなかった。そのために日々訓練し、準備に当たっているが、真珠湾で使う浅海面用魚雷もまだ量産態勢に入っていなかった。

「吉と出るか凶と出るかは、奇襲が成功するかどうかだ。奇襲に成功した場合、ハワイに敵空母がいるかどうかだな」

「空母がいなければ反撃を食う」

「ううん、難しいなあ。占ってもらうか」

「やめておけよ、俺は成功すると信じているよ。アメリカは日本に戦争を仕掛け、開戦を待っていようが、まさか機動部隊でハワイを攻めるなどとは、夢にも思っていないよ」

「鼻をあかしてやるか。では前祝いとして、夜の街に繰りだすか」

淵田は飛行隊長たちを連れて鹿児島の街に消えていった。

日米スパイ情報合戦

(一)

問題が山積していようがいまいが、第一線の部隊にとって、命令は絶対服従である。淵田としては「アメ公に負けるわけにはいかねえ」と、与えられた仕事を懸命にこなすだけであった。飛行総指揮官としての淵田の最近の心配は、アメリカの太平洋艦隊が本当にハワイに在泊しているかどうかであった。

「源田、ハワイの調査にぬかりはないんだろうな。行ってみたら、敵がいねえんじゃ、もの笑いだぜ」

淵田は源田によく言った。

この時期の日米の艦艇を比較すると、戦艦は日本が一〇に対してアメリカは一七、空母は日本一〇、アメリカ八、重巡洋艦が日米ともに一八、軽巡洋艦が日本二〇、アメリカ一九で、これらはほとんど同数だった。違うのは駆逐艦と潜水艦で、駆逐艦は日本一一三に対してアメリカ一七二と六〇隻ほどアメリカが多く、潜水艦も日本六四、アメリカ一一三だった。この米潜水艦が日本のシーレーンに潜み、南方から日本に物資を運ぶ輸送船を攻撃、日本はジリ貧になって行く。これらの艦艇のうち何隻がハワイに在泊しているかであった。

「自慢じゃないが、これは期待できるよ。すべて部外秘だから、お前にも言うわけにはいかん」

　源田が言った。

　日本海軍の情報収集は軍令部第三部第五課が担当していた。日本海軍は武官をもっとも多くアメリカに派遣しており、ワシントンには留学生も含めて三〇名を配置していた。このうち二名がロサンゼルスとシアトルにいた。さらにニューヨークの監督官事務所に一八名、カナダ、メキシコ、ブラジル、アルゼンチンにも武官を配置していた。

　ここから入ってきた情報をもとに、ハワイの艦艇は空母五隻、戦艦一一隻、重巡洋艦一六隻、軽巡洋艦一四隻、駆逐艦八四隻、潜水艦三〇隻、飛行機は空母の艦載機が四〇〇機と見ていた。オアフ島の陸上航空兵力はフォード島に飛行艇が約一一〇機、ホイラー飛行場に陸軍の戦闘機が約二〇〇機、ヒッカム飛行場に爆撃機が約一五〇機、ベロース飛行場に偵察機約四〇機がいると想定した。

　ハワイの現地からは毎日、一回以上の情報が寄せられていた。

　現地の視察も、ぬかりなく行なった。太平洋航路の定期客船と邦人引き揚げ船を利用して、航空、潜水艦、特殊潜航艇の専門家を乗船させ、船上から真珠湾を視察し、戦艦がフォード島の泊地に二隻ずつ並んで係留されていることも確認していた。

これらの機密保持は厳重を極め、源田が管理していた。

現地で情報の収集に当たったのは、ハワイの領事館員の肩書を持つ吉川猛夫《たけお》である。吉川は海軍兵学校の卒業生で、病気で退官後、軍令部の依頼でハワイ領事館に潜り込んだ。

吉川の調査は綿密を極めた。真珠湾に毎日のように車を走らせ、湾内に全艦隊が集結するのは、第一、第三日曜日であること、空母は一週間ほど港を留守にすることなどをつき止め、外務省あての暗号電報を使って軍令部向けの情報を送り続けた。

都合のいいことに、真珠湾を見下ろす場所に春潮楼という日本料理屋があった。ここには二世の芸者もいて、ほろ酔い加減で敵の艦艇を調べることができた。

スパイ行為がばれれば逮捕である。

吉川は巧妙にすべてをすり抜けて、真珠湾攻撃の前日まで電報を送っていた。これは重要な情報だった。

「たまには教えてもいいだろう」

淵田が言うと、源田はニヤリと笑い、

「俺は千里眼で、なんでも分かるんだ。敵はどうもいそうだね」

と笑ってうなずくのが、源田のいつものパターンだった。

米海軍はハワイに三つの情報部門を置いていた。

ロシュフォート少佐を長とする戦闘情報担当、レイトン少佐を長とする艦隊情報担当、メイフィールド大佐が率いる対諜報担当である。ロシュフォート少佐は三年間、日本で勤務した経験があった。レイトン少佐も駐日海軍武官補佐官の経歴があった。

陸軍はハワイの日系人を対象とする情報活動を行なっていた。

一方、彼らは日本の情勢を次のように見ていた。日にちごとの記録がある。

十月十七日。

一、今月十六日に第三次近衛内閣は総辞職した。太平洋の情勢は新しい緊張関係に入った。総辞職の原因は米日間の和解交渉の行きづまり、日本国内における右翼分子の極端な圧力、ドイツの対ソ戦の成功およびアメリカ、イギリス、中国、オランダのABCDの完全な対日包囲に対する心配であると思われる。日本はいずれ軍事的に挑戦する決意を発表するものと思われる。

二、日本が行動を起こすとすれば、東方からソ連を攻撃する。仏印とタイに圧力をかける。極東における英領土を攻撃する。A（アメリカ）B（ブリテン）C（チャイナ）D（ダッチ＝オランダ）諸国の拠点を攻撃する。

日本艦隊の所在。

十一月九日。日曜日としては通信量が多い。第三航空戦隊は台湾の高雄《たかお》に入港し、第四航空戦隊は高雄から佐世保に帰投する兆候がある。

十一月十六日。第一、第二艦隊の大部分は呉方面にいる。第七航空戦隊、第四航空戦隊、第三戦隊、第七戦隊などの通信量が増えている。

このように日本海軍の動向はかなり詳しく掴んでいたが、ハワイ攻撃に関する情報は皆無だった。一年ほど前にグルー駐日大使が駐日ペルー大使から聞いた情報として、「馬鹿げているように思えるが、日本海軍がハワイ攻撃を計画しているという話がある」と本国に伝えたが、誰もが噂話と片付けた。

アメリカ海軍はオレンジ計画という対日戦争の作戦プランを持っていた。資源のない日本の攻撃目標は東南アジアだと分析し、「日本の海上補給路を絶ち、日本を孤立化させ、消耗させる」という戦略を練っていた。対日戦については、さほどせっぱつまった感じはなく、経済的にじわじわと締めつけて敗北させることを考えていた。

日本は慌てふためくほどの相手ではないと分析していたのだ。

アメリカのこうした判断に助けられて、日本海軍のハワイ攻撃の情報はまったく漏れずにいた。

(二)

南雲機動部隊の幹部がハワイ攻撃を知ったのは、上京中の山本連合艦隊司令長官に対し、永野軍令部総長から大海令が伝達された十一月七日以降であった。

機動部隊の艦船が初めて有明湾に集合し、淵田も乗る旗艦「赤城」に各級指揮官、幕僚が集められ、ハワイ奇襲作戦の内容が伝えられた。

ハワイ攻撃を知ってはいたが、詳細な作戦計画を伝えられると、皆の驚きは大変なものだった。

艦隊は終日ざわつき、誰もが興奮し、腰が据わらなかった。

「一層、気を引き締めてもらいたい」

南雲長官の命令で、最後の特別訓練が行なわれた。

有明湾を出港した機動部隊は、警戒隊形をとって佐伯湾から二五〇海里の地点に南下し、佐伯湾に碇泊する連合艦隊の主力艦を敵艦隊と見なし、午前七時に第一次攻撃隊、午前八時半に第二次攻撃隊を発艦させるという攻撃の模擬訓練である。

「いいか、敵はハワイのアメリカ空母である。皇国の興廃、まさにこの一戦だ」

淵田はいささか気負って訓示をした。

東郷平八郎元帥にあやかって勝利を呼び込みたかった。

淵田は上空から指揮したが、これまでの訓練の成果を如何《いかん》なく発揮し、確信を持つことが出来た。

作戦準備着手の大海令第一号は次のようなものだった。

大海令第一号

昭和十六年十一月七日

奉勅　軍令部総長　永野修身

山本連合艦隊司令長官に命令

一、帝国は自存自衛のため、十二月上旬、米国、英国および蘭国に対し、開戦を予期し、諸般の作戦準備を完整するに決す

二、連合艦隊司令長官は所要の作戦準備を実施すべし

三、細項に関しては軍令部総長をして指示せしむ

賽《さい》は投げられたのだ。

十一月十三日には、岩国航空隊で各艦隊の司令長官、参謀長、首席参謀が集まり、席上、東京から戻った山本長官の決意表明が行なわれた。長官は必勝の決意を語ったが、最後に重大な発言があった。

「諸君、ただし、だ。日米交渉が進展し、戦争回避となった場合は、ただちに引き返すように。たとえ攻撃隊発艦のあとでも引き返すことである」

と強い口調でいい渡した。

「出かかったションベンをやめるわけにはいくまい」

南雲長官がつぶやいたとされるが、戦争は国家の命運を左右する大問題であり、あだやおろそかに伝家の宝刀を抜くべきではないという山本長官の考えは、この期《ご》に及んでも変わらないようであった。

会議が終わって、

「すべからく、よろしく頼む」

源田が言った。淵田は「うん、うん」と答えた。なぜかそれ以上の言葉は出なかった。この日からすべてが急ピッチで進んだ。

開戦日Y日は十二月八日であった。その後も、山本長官は「赤城」の飛行甲板に機動部隊の各級指揮官、幕僚、飛行科士官を集めて再び訓示した。長官の表情は悲痛に見えた。淵田は一言一句、聞き漏らすまいと、食い入るように聞き入った。

「今次の行動は万一、対米開戦のやむなきに到った場合、開戦劈頭《へきとう》、遠く真珠湾方面にある米国・太平洋艦隊の主力に攻撃を加えんとするものである。本作戦の成否は以後のわが作戦の運命を決するものである。もとより本作戦は幾多の困難を排除して、敵の意表をつくものであり、敵もあらゆる事態に対処して、周到な警戒措置をとっていると推察される。諸君は十分に心して、強襲となることも覚悟し、不覚をとらぬように、心がけねばならぬ」

山本長官の訓示は一語一語、心にしみ通った。とりわけ、

「強襲」

という言葉が、グサリと淵田の胸に突き刺さった。

強襲とは敵が待ち受けているところに突っ込むことだ。戦闘機が待ち構えており、対空砲火が空を覆うだろう。どのくらいの犠牲が出るか予測はつかなかった。それは敵の飛行機もこちらに向かってくるということであり、味方の空母も攻撃にさらされるのだ。長官は刺し違える覚悟だなと淵田は思った。

機動部隊の集合地は千島列島の択捉島《えとろふ》だった。

米軍は無線を傍受しているので、厳重な電波管制を敷き、これに代わって九州の陸上基地から偽装電波を発信し、機動部隊が九州にいるかのように工作して、十八日から順次、択捉島の単冠湾《ひとかっぷ》を目指すことになった。

一般隊員にはまだ知らされておらず、不要な荷物をすべて下ろして出港したが、彼らは一体、どこに向かうのか、どんな作戦なのかと不審がっていた。

「赤城」は太平洋を北上し、はるかに東北沖の海上に入ると、風は一段と冷たくなり、さらに北海道の沖に差しかかると、もう厳冬であった。飛沫《しぶき》が凍り、吐く息が白かった。

淵田は飛行甲板から寒々とした黒い海を見ていた。

そこに雷撃隊の村田少佐がやってきた。

「オヤジさん、いままでは本当かいなという気持ちもありましたが、ここまで来ると武者ぶるいで鳥肌が立ってきますよ」

村田が珍しいことを言った。

村田は海軍兵学校五十八期、三十を越えたばかりの若さで雷撃隊を率いている。

飛行機の搭乗員というのは、豪快さと繊細な部分を併せ持っていなければならない。

とくにリーダーには「俺について来れば絶対大丈夫だ」というカリスマ性も必要だった。

ハワイ攻撃の場合は遠距離からの飛行になり、魚雷攻撃をした後、母艦に帰投しなければならない。指揮官である村田は雷撃機をまとめて飛び、敵艦を屠《ほふ》って帰って来なければならない。

天候がどういう状態なのか。敵の対空砲火はどうなのか。突然、暴風雨になることだってある。雲海に覆われてしまうこともある。

途中で敵の戦闘機に襲われたらどうするか。魚雷を積んだ雷撃機は戦闘機の敵ではない。それをいかにして振り切るか、振り切れるのか。

村田の胸のうちは痛いほど分かる。

「オヤジさんについて行けばいいんだから、気は楽ですが」

村田はそう言って笑った。

「うむ」

淵田は口髭をなでて答えたが、内心はそう簡単なものではなかった。

実戦では訓練とは違った複雑な場面が、次々と起こるであろうことは、間違いなかった。

今度の場合は制空隊、雷撃隊、爆撃隊の一糸乱れぬ行動が大事だった。だが敵に事前に察知され待ち伏せを受けた場合は、壊滅的な惨敗は明らかだった。

すべからく奇襲に越したことはない。淵田は強襲は考えないようにした。これまで何度も危険な目に遭ってきた。燃料が切れて海に不時着したこともある。そのときは近くの船に助けられた。これは偶然ではなく、船を見つけてそこに舞い降りたのだった。

ツキと勘、運、度胸、さまざまなことが入り交じって凶が吉に変わる。

出たとこ勝負しかなかった。ただ妙に自信はあった。

「お前、好きな女はいるのか」

「なんですか、突然、それは照れますねえ」

村田が顔を赤らめた。

いくつになっても女性は、なんともいえないときめきの対象だった。

淵田は結婚して子供もいたが、不思議に子供が支えになった。俺が死んだらあいつらが困るなという思いが、脳裏をかすめるときもあった。

「オヤジさんの奥さんは、どんな人ですか」

村田が余計なことを聞いてきた。こちらから話を切り出した手前、ごまかすわけにもいかない。

「見合いだよ。本家の奥さんから近所にいい人がいてはるのよ、と言われてな」

「ああ、そうですか」

「それで結婚した。黒い髪が気に入ってな」

「黒い髪がねえ、これは当てられますね」

村田が笑って淵田を見つめた。隊長と隊員には、人間的な信頼関係が大事だった。俺だってごく普通の男なのだ。一緒にやろうじゃないか。淵田はそう呼びかけたつもりだったが、なぜか心の震えは止まらなかった。

北辺の択捉《えとろふ》島単冠《ひとかっぷ》湾

㈠

南北に長く伸びる日本列島の北の端に千島列島があった。

千島列島は根室から国後《くなしり》、歯舞《はぼまい》、色丹《しこたん》、択捉《えとろふ》、得撫《うるっぷ》、と続くが、列島最大の島が択捉だった。

国後、歯舞、色丹、択捉はいわゆる北方四島である。戦前は日本の領土だったが、戦後、ロシアに占領され、日本は返還を求めているが、一向に埒《らち》はあかない。戦前は択捉には三七〇〇人ほどの日本人がいて、漁業を営んでいた。

米ソ冷戦の時代、ここにロシアの軍事基地があり、天寧《てんねい》飛行場にはＭＩＧ23戦闘機四〇機が配備されていた。

もともと千島はアイヌの島でアザラシ、トド、ラッコなどが生息する海獣の楽園だった。

単冠湾は島のほぼ真ん中、太平洋に面した広い湾で、普段は穏やかで波の立たない良港だった。すでに千島列島の山々は白雪に覆われ、ときおり吹き寄せる烈風は身が切られるように冷たかった。

下北半島の大湊《おおみなと》警備府から海防艦「国後《くなしり》」が択捉島に派遣され、演習と称して紗那《しゃな》郵便局の通信業務を一切停止させ、出入りの船も一切押さえ、外部との通信を遮断していた。また大湊航空隊の水上偵察機が、東方海上二五〇海里を哨戒し、不審船の確認に当たっていた。また機動部隊が荒涼たる単冠湾に揃ったのは、十一月二十三日だった。最後に入港した空母「加賀」には、ようやく出来上がったばかりの浅海面用の魚雷百本が積み込まれていた。

「やっと揃いましたね」

村田少佐が顔をほころばせた。

これまで魚雷攻撃は洋上戦闘で行なわれるのを原則としたので、魚雷の沈度はさほど問題ではなかった。鹿児島での訓練では、もっぱら発射高度を下げることで解決しようとしたが、これには限度があり、安定器付き改良型が急いで作られることになった。それがやっと間に合い、ここで積み込むという離れ業だった。

「冷や冷やもんだよ」

淵田はつぶやいた。

「オヤジさん、ここの人たちは肝を冷やしているだろうな」

村田が言った。見たこともない巨大な航空母艦が次々と姿を現わし、単冠湾を埋め尽くしたのだから、腰を抜かした人もいただろう。

住民には演習と説明されたが、艦船の数はあまりにも多く、また水兵の上陸がないのも不思議だった。湾は一日中、ゴウゴウと機関の音が海鳴りのように響き、煙突からは煙が上がっていた。

戦争が起こると思った人はいなかったが、外部との連絡は遮断され、艦隊には切迫感が漂っており、人々はじっと息を殺して見入るしかなかった。

単冠湾の「赤城」甲板に並べられた九一式改二航空魚雷

「しかし、よく思いついたものだ」

淵田は無人に近いこの島を選んだ参謀たちに、ほとほと感心した。

「いよいよだな」

と言って源田がコートの襟を立てて甲板に降りてきた。

「これまでいろいろあったが、ついにここまで来たか」

源田も感慨深げだった。単冠湾には空母、戦艦、巡洋艦、駆逐艦、潜水艦、タンカーと、艦船がところ狭しと係留されていた。

淵田はここに来て、これまで体験したことのない寒気《さむけ》に襲われた。寒気《かんき》のせいばかりではなかった。それはハワイ攻撃に対する不安であった。

米軍に気づかれずにハワイまで行けるのか。あれやこれやが脳裏をかすめ、本当に大丈夫かという不安であった。こんなことはいままで経験したことがなかった。

源田と冗談をいい合い、搭乗員たちには「なあに、たやすいご用さ」と大きな口を叩いてきた。それが俄かに金縛りにあったように体が硬直した。

一体、どこで戦争をおさめるのかが読めなくなった。アメリカをやっつけるというのなら、最後はアメリカ大陸まで攻め入って、ワシントンを攻め落とすしかない。そんなことは不可能だ。ならばどうするのか。

これまで考えなかったことが脳裏をかすめるのだった。

「少し一人になりたい」

「そうか」

源田はそれ以上、何もいわず艦橋の方に歩いていった。

仮りにアメリカ太平洋艦隊の撃滅に成功したとしよう。そうなれば、さらに進撃して西太平洋の制海権を獲得する。だがアメリカは巨大な国だ。そのあとどうなるのか。彼らは物量にものを言わせて反撃してこよう。

そうなれば決め手は航空戦になる。日本海軍の航空戦力はいつまで持つのか。中国での戦争はすでに五年を経過している。がしかし、重慶や昆明《こんめい》の攻略もできていないではないか。それなのにアメリカと戦争を始めて本当にいいのか。

情けないことに、ここにきて淵田の心に迷いが生じた。

「アメ公をやっつけてやろうじゃねえか」

と猛訓練に励んできたはずだったのが、なんたる体たらくだと淵田は自問自答した。人間はいざその場に立つと、迷いに迷うもののようだった。

一緒に血を吐く訓練をしてきた仲間の何人かは、間違いなく死ぬだろう。その死が報いられるのか。次々に疑問が湧いた。淵田の心はちぎれ雲のように乱れた。自分はこれほど弱い人間か。部下たちに強がりを言い、酒をくらって勝ったような気分でいたことが信じられなかった。誰が喜んで戦争に行くものか。そんな思いにさえなった。

「俺もたいしたことはねえな」

そう思わざるを得なかった。

「隊長、どうしたんですか」

松崎三男大尉の声がして淵田はハッと我に返った。

松崎大尉は淵田機の操縦者である。彼と運命をともにして飛ぶのだ。

「凄い海だよ。この軍艦を眺めていると、これぞ世界に冠たる日本海軍と我ながら驚くよ」

淵田は普段の強がりを取り戻したが、松崎に心を見破られたのではあるまいかと、一瞬、ヒヤリとした。

(二)

淵田は幕僚たちの顔を思い浮かべた。

第一航空艦隊司令部は南雲忠一中将を司令長官に、参謀長は草鹿龍之介少将、首席参謀・

大石保中佐、航空甲参謀・源田実中佐、航空乙参謀・吉岡忠一少佐、航海参謀・雀部利三郎中佐、潜水艦参謀・渋谷龍稈《たつわか》中佐、通信参謀・小野寛治郎少佐、機関参謀・坂上五郎少佐といった顔ぶれだった。

南雲は茫洋とした人柄で、何を考えているのか相変わらず分からない人だったが、決して嫌いではなかった。自分が突出するのではなく、いかに周囲をやる気にさせるかという人使いの妙味を心得た提督だった。独特の米沢弁はときとして何を言っているのか理解できず、困ることもあったが、その素朴さがよかった。ただし今回は自分に迷いがあるため、どこか冴えなかった。

右か左か即断しなければならないとき、この人は大丈夫だろうか、いささか心配だった。草鹿参謀長も秀才といわれた男であった。しかし秀才が即、戦争に長けているかと言えば、そうとも言えなかった。いま一つ決断力に乏しいという風評があった。

各空母の艦長は「赤城」が長谷川喜一大佐、「加賀」は岡田次作大佐、「蒼龍」は柳本柳作大佐、「飛龍」は加来《かく》止男大佐で、「瑞鶴」は横川市平大佐、「翔鶴」は城島高次大佐といった布陣だったが、恐らく自分と同じ心境であろうと淵田は思った。

異彩を放つのは第二航空戦隊司令官の山口多聞《たもん》少将である。

南雲長官をやり込め、皆をハッとさせたが、悪びれた様子もなく、いつも堂々としていた。日本海軍の将官のなかでは、山本長官と並ぶ米国通である。部下にはいつも気合いを入れていたが、大変な愛妻家で、奥さんにラブレターを書き送っているという評判だった。淵田は一度、山口夫人を見たことがあったが、眼鏡をかけたインテリ風の女性で、なるほどと思われた。

その他、他人の批評はやめよう。すれ違う幹部たちは、それぞれ青白い顔をしていて、口数は一様に少なかった。まったく変わらないのは源田だった。自分はいつの間にかこいつに担がれて飛行隊長を引きうけてしまったのだ。源田は運の強い男だから、この作戦も案外成功するかもしれなかった。それが救いといえば救いだった。

真珠湾作戦はこの期に及んでも、むろん最高の機密だった。機動部隊の内地出港も、歓呼の声に送られて出兵するような華やかなものではなく、もちろん家族との交信も禁じられた。陸揚げした不用品は基地の倉庫に保管され、家族への手紙も同様に保管された。

この作戦は機密が漏れた瞬間、もう用をなさないものだった。奇襲でなければ絶対に成功はありえないのだ。

山本長官はここに来ていなかった。

「どんな思いでいるだろうか、あるいは来栖《くるす》三郎全権大使のことを考えているのではないか」

と淵田は思った。一転、日米の妥協が成立すれば、機動部隊はそれぞれ基地に帰ることになっていた。だがついにここまで来てしまったのだ。戦いは避けられないのだろう。

夕暮れの海に強い風雪が舞った。落水しようものなら寸時に凍死だ。

淵田は、横なぐりに飛ぶ、細かい雪に見入った。

飛行機隊の編成もとうに終わっていた。

淵田のもとに入った名簿では、出撃可能な飛行機は三五〇機ほどだった。

第一次攻撃隊は淵田美津雄中佐が直率する水平爆撃隊五〇機、村田重治少佐ひきいる雷撃隊四〇機、高橋赫一少佐の指揮する降下爆撃隊五一機、さらに板谷茂少佐の制空隊四三機、合わせて一八四機ほどが出撃可能であった。

何機発艦できるかは、出発直前まで分からなかった。エンジントラブルがあったり、点検ミスもあったりするからだ。

なんといっても鍵を握るのは、村田少佐の雷撃隊だった。奇襲がなって敵艦隊がハワイにいたとして、そのときはいかに魚雷を放つかが攻撃の最大のポイントだった。

第二次攻撃隊は「瑞鶴」の嶋崎重和少佐ひきいる水平爆撃隊五四機、江草隆繁少佐指揮の降下爆撃隊八一機、進藤三郎大尉の指揮する制空隊三六機の合計一七一機が見込まれた。第二次攻撃隊は陸用爆弾と艦船用の通常爆弾を搭載することになっていた。

十一月二十四日、「赤城」に各級指揮官、幕僚および飛行機隊幹部が招集され、南雲長官の訓示があった。

南雲長官はブルドッグのような、いつもの表情で訓示を読み上げた。

「傲慢不遜《ごうまんふそん》な米国に対し、いよいよ十二月八日を期して開戦する。ここに第一航空艦隊を基

単冠湾出撃前夜の「赤城」壮行会。奥３人目が淵田中佐

幹とする機動部隊は開戦劈頭《へきとう》、ハワイを急襲し、一挙にこれを撃滅し、瞬時にして米海軍の死命を制せんとするものである。これは実に有史以来、未曾有《みぞう》の大航空作戦であり、皇国の興廃は、まさにこの一挙にある。この壮挙に参加し、護国の重責を双肩に担う諸君は、誠に一世の光栄にして武人の本懐、これにすぐるものはない。勇躍挺身《ゆうやくていしん》、君国に報ずる絶好の機会である。この感激、今日をおいて、いずれの日にか求めん」

南雲長官は米沢弁のイントネーションで、訥々《とつとつ》と語った。東北出身の士官は別だが、淵田や村田のように関西の者には、テンポが遅く、迫力が足りないように感じた。

南雲長官は「えへん」と咳をして、訓示を続けた。

「本作戦は前途多難、寒風凜冽《りんれつ》、怒濤狂乱《どとうきょうらん》する北太平洋を突破し、長駆《ちょうく》、敵の牙城《がじょう》に迫り、乾坤一擲《けんこんいってき》の決戦を敢行するものにして、その辛酸労苦《しんさんろうく》は尋常の業ではない。これを克服し、勝利の栄冠を得るのは死中に活を求める強靱な精神にほかならない。かえりみれば諸君は多年の訓練により必勝の実力はすでに練成された。いまや君国の大事である。この重責に応えてもらいたい」

南雲長官はそう言って一息ついた。

通常、訓示は頭でっかちの参謀が書いて「長官お願いします」と持ってくる。だからどんな美辞麗句が並んでいても、ありがたみは薄かったが、今日はところどころに南雲長官の真情が込められていて、迫力もあった。

「最後に一言、申し上げる」

長官は顔をあげて全員を見渡した。

「一つ、戦いの道はまず気迫で敵を圧倒することである。勇猛果敢な攻撃を敢行し、敵の戦意をくじくべし。二つ、いかなる難局に直面しても冷静沈着に事を処理し、不撓《ふとう》不屈の意気で当たるべし。三つ、準備はあくまで周到に致し、遺漏《いろう》なきを期すべし。尽忠報国の赤誠と果断実行の勇猛心をもって致せば天下何事かならざらん」

南雲長官はこう結んで退席した。上出来の訓示だった。

出撃は二十六日朝と決まった。

淵田の仕事は全機を必ずハワイ上空に連れて行き、敵を撃破して、また戻ってきて見せることである。いまや静かな心境で搭乗員の名簿に見入った。

この段階になると、もう淵田に迷いはなく、戦士の血がよみがえっていた。

これからの問題は、いくつかに絞られてきた。まず発進地点である。これは真珠湾に近ければ近いほど成功の確率は高かった。半面、それは敵に発見される可能性が高くなることを意味した。

搭乗員は生身の人間である。そのギリギリのところが難しいところだった。

遠いところからの飛行では疲労が増大し、とくに雷撃機の命中の確率は極端に低くなることが過去のデータで分かっていた。爆撃に成功したとしても母艦に帰ることがまた大変なのだ。こちらの空母の所在が分かると反撃されるので、電波は出せない。自分の判断で帰ってこなければならない。

これは本来、神業に近いことなのだ。まして制空隊は一人乗りである。相談する相手もいない。天候が悪化すれば、もう帰艦は困難と思うしかなかった。燃料はもつのか、計器はいつものように作動するのか、心配ごとは切りがなかった。

発艦の地点はオアフ島の二〇〇海里前後がベターであった。それだと飛行時間は二時間ほどなので、戦闘を終えて、なんとか帰れる距離だった。

「隊長、いよいよですね」

村田少佐が言った。さすがに「オヤジさん」はなかった。

攻撃の責任は第一次攻撃隊に多くのしかかっていた。雷撃機に搭載する魚雷は総重量が八〇〇キロあり、二〇〇キロの炸薬が入っていた。戦艦や巡洋艦を転覆させるには、三本も命中すれば充分だった。

雷撃隊は四〇機なので搭載する魚雷は四〇本だ。命中率はよくて六〇パーセントなので、二四本は命中させてもらいたかった。一隻に三本とすると八隻程度は撃破できる。淵田は取らぬ狸の皮算用をしてみた。

雷撃隊は空母四隻と戦艦四隻を葬ればよかった。ただし、これはあくまでもパールハーバーにアメリカ太平洋艦隊の空母と戦艦が碇泊していることが前提だった。出港していれば、作戦は全面的に変わってしまう。胃が痛くなるどころではない。そうなれば成功は極めてまれなものになろう。淵田は気が滅入った。

次は水平爆撃隊である。

五〇機で三〇〇〇メートルの高度から爆弾を投下するとしよう。基本的に五機編隊の十個中隊に編成されていた。各機は嚮導機の爆撃照準手の誘導によって、目標に近づき、一斉に爆弾を投下するのだが、これまでの成績では、命中率はせいぜい一〇発以内である。いいところ八発だ。しかし使用する爆弾は八〇〇キロの徹甲爆弾なので、甲板を突き抜ければ艦は内部で爆発することが確実だった。

火薬庫に誘爆すれば一発で轟沈である。

戦艦は二発命中すれば沈むので、戦艦四隻は狙えると考えた。すべて注文どおりいけば、四〇機の雷撃機と五〇機の水平爆撃機で、アメリカ太平洋艦隊の主力艦はあらかた撃破できる。まあ、そういう計算だった。

それで終わるわけではない。

止《とど》めを刺すのが降下爆撃隊だった。

開戦へのゴーサイン

(一)

機動部隊は十一月二十六日午前六時、第八戦隊の巡洋艦「利根」「筑摩」を先頭に、第三戦隊、哨戒隊、空母部隊の順に抜錨し、単冠湾《ひとかっぷ》を出港する予定だった。ところが出港に際し、突然、「赤城」に異変があった。

「なんだ、なんだ」

「赤城」の艦橋が慌ただしくなった。

試運転のとき、スクリューにワイヤーが巻きついたのだ。

「少し遅れるな」

源田が言った。

潜水夫を入れてワイヤーを取り除き、機動部隊は一時間遅れて出港した。縁起が悪いと言う者もいたが、淵田は気にならなかった。航海中なら大事故だが、出港前の話である。あまり細かいことを気にしても仕方がなかった。

出港してすぐ警戒航行態勢をとった。

「赤城」の前方一〇〇〇メートルに駆逐艦四隻が並走し、零戦と艦爆が飛行甲板に待機した。まさかとは思うが、米軍の奇襲攻撃の可能性も皆無とはいえない。

「無事にハワイに近づくことを祈るよ」

淵田は零戦を率いる板谷少佐に声をかけた。

「そうですね、久しぶりの実戦ですよ。敵機が現われるとすれば、オアフ島に接近したときでしょう。一撃で落とす自信はあります」

板谷はニンマリと笑った。零戦の搭乗員は百戦錬磨、おそらく世界最強の戦闘機乗りであろう。頼もしい限りであった。

「淵田、南雲さんはどうも顔色が悪いね」

源田が言った。人知れず心配していることは傍目《はため》にも分かった。

「それはそうだろうが、ここまできては、腹を固めるしかないのとちゃうか」

淵田は自分を奮《ふる》い立たせるように言った。

「それはそうだ」

源田が言った。

源田は源田で心配ごとは無数にあった。海が荒れれば、給油が困難になる。日米交渉妥結のときは、すぐ引き返すことになるが、その電報を聞き漏らしたら取り返しがつかないことになる。作戦開始の直前に敵に発見されたらどうするか。それでも強襲するのか。

途中で商船に発見されたらどうするか。ただちに臨検して無線を封鎖するしかないが、すでに発信されていれば、どうするか。

敵の艦隊に遭遇した場合はどうか。開戦後であれば、攻撃できるが、開戦前だとややこしいことになる。どんな場合も最後の断は、南雲長官が下すことになる。

その頃、南雲長官は草鹿参謀長に口をすべらせていた。

「参謀長、君はどう思うかね。僕はエライことを引き受けてしまった。僕がもう少し気を強くしてきっぱり断ればよかった。出るのは出たが、さてどうなるかね」

「はあ」

草鹿参謀長はそれしか言えず、困ったことになったと思った。

草鹿とて同じようなものだった。これほど危険な戦法はないのだ。奇襲といえば聞こえはいいが、一《いち》か八《ばち》か、伸《の》るか反《そ》るか、やって見なければ見当もつかない大博打だった。

飛行隊がもっとも気を遣わなければならないのは、奇襲と強襲の使い分けであった。

奇襲の場合は、なにがなんでも雷撃隊を最初に突っ込ませる必要があった。いち早く敵の戦艦、空母を叩くためである。

強襲の場合は敵の戦闘機が待ち受けている。これを零戦で叩き、雷撃隊の進路を確保しなければならない。次の問題が敵の対空砲火である。敵が待ち構えているとすれば、真横から迫る雷撃機は格好の射撃目標だ。そのときは、真っ先に降下爆撃隊が敵の対空砲火を牽制し、同時に水平爆撃隊が爆弾の雨を降らせ、その隙に雷撃機が魚雷を放つことになる。

その阿吽《あうん》の呼吸はその場に応じてやるしかないのだ。

淵田はあらゆる場合を想定して、制空隊の板谷少佐、雷撃隊の村田少佐、急降下爆撃隊の高橋少佐に細かく指令を出していた。

「隊長、その場にならなければ、これぱかりは分かりませんからね」

村田少佐が言った。その通りであった。たとえば当日、強風であったとしよう。急降下爆撃で敵艦をやっつけたとしても炎上して煙が充満し、雷撃隊の侵入方向に煙が流れると、視界がきかなくなる。考えれば考えるほど危険すぎる賭けであった。最後は出たとこ勝負であった。ツキがあるか、ないかであった。


翌二十七日も天候はまずまずだった。

うねりが高く艦は大きく揺れ、駆逐艦「霰《あられ》」の水兵が海に転落して行方不明になった。

日米のラジオ、電報などの傍受の結果、英国の戦艦「キング・ジョージ五世」「プリンス・オブ・ウェールズ」などがインド洋方面に出没したことが判明する。

「英国の動きが慌ただしくなりました。開戦近しと思われます」

通信参謀の小野寛治郎少佐から報告があった。

二十八日も曇りで波が高く、艦の動揺は激しかったが、「翔鶴」「瑞鶴」を除いて給油することができた。通信参謀の小野少佐は米国のハル国務長官から野村大使へ文書が交付されたと伝え、「恐らく最後通牒であろう」と語った。

二十八日は小雨の天候だったが、波は穏やかで、「翔鶴」「瑞鶴」に燃料補給が行なわれた。二十九日に軍令部から電報が入った。米国の態度が急変、きわめて強硬になり、日米会談は決裂必至だという。

「南雲さんもそうかとつぶやいておった」

源田が飛行科の士官室に顔を出して言った。ここまで来たら、もう戦うしかないであろう。

「覚悟するしかないな」

「当たり前だ」

二人は顔を見合わせてうなずいた。

三十日は日曜日である。月月火水木金金の日本海軍にとって、日曜日がどうのということはないが、米軍はしっかり休日をとるという話も聞いた。

それはともかく霧も晴れ、青空が広がるいい天気である。淵田は格納庫に行き、飛行機の点検整備に時間を費やした。補給もスムーズに行なわれ、珍しく南雲長官が格納庫に下りてきて、「どうかね」と淵田に声をかけた。天祐われにありといったところか。

「すべてうまく行っております」

と答えると、南雲長官は笑みを浮かべて「そうか」とうなずいた。長官の笑顔に接し、淵田も明鏡止水《めいきょうしすい》とでもいおうか、爽やかな心境になった。

十二月一日。曇り、南東の風、一三ないし一七メートル。海は白波が立っている。この日で航程の半分を消化した。この辺りからキスカ、ミッドウェー島の哨戒圏に入る。

電信室に緊張が高まった。

翌二日も燃料補給が行なわれ、駆逐艦は厳重な警戒態勢に入った。夜、軍令部から攻撃命令の電文が入った。

「ニイタカヤマノボレ 一二〇八」

十二月八日午前零時以降、戦闘行動を開始すべしとの暗号であった。早速、源田がやってきた。

「東京のオエラ方も決断したようだな」

源田がつぶやいた。

「これですっきりしたよ」

淵田が言うと、「そうだな」と源田もうなずいた。

海軍大臣・嶋田繁太郎の『開戦日記』に、この前後の記述がある。

十一月三十日に高松宮殿下から「軍の一部が作戦について不安を抱いているようだが」というご下問があり、

「人も物も十分に準備をととのえております」

と嶋田が奉答した。嶋田は翌十二月一日には明治神宮、東郷神社、熊野神社に参拝し、午後は御前会議に臨み、対米交渉の不成立を確認し、開戦を決定したと日記に記述した。

二日に山本長官が上京し、機動部隊あてに電文を打ってきた。山本長官は三日、四日も嶋田海相と一緒だった。

「官邸にて山本長官と午餐《ごさん》を共にす。四時、十七年度の通常予算を聴く。六時より八時四十分、官邸にて山本ＧＦ（連合艦隊）長官を招待す。一同にて、記念の寄せ書きをなす」

嶋田海相はそう日記にしるした。

残された日はごくわずかとなった。

（二）

淵田はもう一度、搭乗員の名簿をめくった。

目を閉じると、一人ひとりの顔が浮かんでくる。どの搭乗員も闘志をむき出しにして頑張ってきた。一人ひとりに個性があって、命知らずの大胆な奴もいれば、じつに慎重に行動する男もいる。怒鳴りつけた男、褒めた男、さまざまだが、どの男も淵田にとっては弟のようなものであった。

一人も死なせたくはない。しかし戦場に出れば全員無事で帰還するのは不可能だ。必ず犠牲者が出る。その一人が自分かも知れない。淵田は名簿をいとおしむかのように撫でた。

名簿を見て改めて思ったのだが、搭乗員の九割は下士官だった。兵学校出身の士官はごくわずかで、飛行隊は水兵から叩きあげた者たちが大半だった。それぞれに辛い思いをして、ここまで来たのだ。

淵田も海兵に入学したころはよく殴られたが、一般の水兵は、そんなものではなかった。軍服に階級章もない四等水兵から始まった者は、殴られるために軍隊に入ってきたようなものだった。敬礼、敬礼のしどおしで、欠礼しようものなら鉄拳を見舞われ、海軍精神注入棒と呼ぶ野球のバットのようなもので殴られた。

軍艦に乗れば乗ったで、水がないので洗濯も入浴もままならず、日々、地獄であった。

淵田はそういう軍隊の階級差別と陰湿な部分が嫌いだった。

淵田が管理する搭乗員は、一般の兵とは大きく異なっていた。訓練の度合いも違うし、技術のレベルも皆、人並みはずれて高かった。それなのに甲飛、丙飛などと採用の違いによって差別してきた海軍の階級制度には、疑問もあった。

自分も海軍ではエリートであろうが、戦場ではそんな肩書きは何の役にも立たないのだ。

戦闘機の場合は、たとえ兵であろうが下士官であろうが、それぞれが責任者であった。

無線は絶対封鎖のため、洋上不時着の場合、どうするかが問題になった。

「そのときは黙って死んでいこうじゃないか」

と言ったのは千早猛彦大尉だった。千早大尉は「赤城」乗組みの第二次降下爆撃隊の偵察員である。

勇ましいことではあるが、搭乗員の養成には長い年月がかかるのだ。無線で連絡し、救助すべきである。千早は士官である。そう言わねばならない立場だが、下士官や兵は違う。

「いいか、必ず潜水艦から救援を出させる。頑張っていてくれ」

と淵田は言ったが、現実には無理なことを知っているので、誰も期待する者がいなかった。

機動部隊は単冠湾を出航以来、アメリカの潜水艦の哨戒を考えて、厳重な対潜警戒を実施した。艦隊の前方には三隻の潜水艦が先行し、もし航路上に船舶を発見したときは潜水艦がただちに艦隊に通報し、艦隊は大きく針路を変えることになっていた。

連日、悪天候が続き、哨戒機は飛びそうにもなく、機動部隊にとってはラッキーだった。機動部隊は何事もなく刻一刻とハワイに近づいていた。

十二月三日、荒天――。

この日、燃料補給ができなかった。

ものは考えようである。この悪天候では敵の哨戒も無理であり、当方に有利であった。この日、「加賀」の下士官一人が波にさらわれて行方不明になった。二人目の犠牲者である。戦わずして戦死するとは、いたましいことであった。

ハワイの情報が詳細に伝えられた。十一月二十八日現在の真珠湾の在泊艦は戦艦六、空母一、重巡九、軽巡五だという。空母は「レキシントン」だと聞いて、淵田はしめたと思った。戦艦をやればいいという意見もあるが、飛行隊にとって敵はやはり空母だった。空母を破壊しなければ、すぐ逆襲されるのだ。空母を奇襲攻撃できれば、それこそ最高だった。

「このままいてほしいもんだ」

源田も目を輝かせた。

四日からは爆撃機六機で「赤城」を基点に六〇キロ圏内の対空哨戒を始めることになった。

しかし四日も荒天で、対空哨戒は行なわれなかった。

　この日、ハワイのさらに詳しい情報が入った。フォード島北西に空母「レキシントン」が動かずにいた。また機動部隊の行動は察知された様子は一切なかったが、先行した潜水艦が敵の哨戒機に発見されたらしく、一時、緊迫した。が、その後、とくに変わった情報はなく、ホッとした空気が艦橋に流れた。

　五日も荒天だった。敵および第三国の艦艇を発見したときは、必要があれば撃沈せよの指令が流された。翌六日も雲が多く、上空の視界は不良で隠密行動には最適の天候だった。

　明朝、敵の飛行哨戒圏に入るので、第八戦隊と警戒隊に燃料を補給した。

　単冠湾での寒さがまるで嘘のように気温はぐんぐん上がり、常夏の島、ハワイに接近したことが肌で感じられた。夕方、敵の潜水艦らしい電波を受信し、騒然となったが、間もなく方位測定の誤りと分かった。

　大決戦はいよいよ明後日に迫った。

　淵田はよくここまで来られたという気がした。悪天候が幸いし、これといった商船にもまったく会わず、敵機にも遭遇せず、ここまで来られたことは、奇襲成功の兆しに思えた。

　この夜、初めて入浴が許され、各艦で小宴を開き、作戦の成功を祈った。搭乗員は整備員や同郷の者も加わり、壮行会となった。

「赤城」ではこの航海のために仕入れた鮮魚や肉、野菜をふんだんに出した。南雲長官もその席に入り、遅くまで搭乗員と一緒に酒を飲んだ。同じ釜の飯を食った仲間である。

「俺のしごきも今日でおしまいだよ。皆を絶対に真珠湾につれてゆくぞッ」

淵田も気炎をあげて皆を鼓舞したが、あるいはこれがお互いの見納めかも知れない。万感胸に迫る一夜であった。

この頃、東京では横須賀から海兵団の水兵九〇〇〇名が、東京見物に上京し、カモフラージュ工作をしていた。このことは外電で報じられた。

十二月七日、天皇陛下の勅語が送られてきた。

「朕《ちん》、惟《おも》うに連合艦隊の責務は極めて重大にして、事の成敗は真に国家の興廃にかかるところなり」

参謀長が読み上げた。この頃、特殊潜航艇が真珠湾に近づいていた。

潜水艦に搭載された乗員二名の潜航艇である。真珠湾に潜入し、破壊工作を行なう任務を帯びていた。もとより帰還は困難な業務であった。

山本長官の公室に隊員六名の寄せ書きがあった。

尽忠報国　海軍大尉　岩佐直治

至誠　海軍中尉　松尾敬宇

断じて行えば鬼神《きしん》も之を避く　海軍中尉　横山正治

沈勇《ちんゆう》果断　海軍中尉　古野繁実

七生報国《しちしょう》
細心大胆

海軍少尉　広尾彰
海軍少尉　酒巻和男
昭和十六年十一月十七日夜　於　呉水交社

なお、このうち、松尾中尉はハワイ攻撃には加わらず、シドニー作戦で戦死している。

われ奇襲に成功せり《トラトラトラ》

㈠

勅語の伝達と激励の電報を受け取った機動部隊は、最後の燃料補給をすませ、補給部隊に別れを告げた。十二月七日午後七時（ハワイ時間は午後十一時半）、旗艦「赤城」に、「皇国の興廃、この一戦にあり。各員、いっそう奮励努力せよ」のZ旗を高く掲げ、敵の哨戒圏に向かって、速力二〇ノット（約三七キロ）ないし二二ノット（約四一キロ）で突進を開始した。飛行機を飛ばせる地点まであと六時間である。日没とともに月光が海を刺した。攻撃は早朝と決まっていた。夜間は無理であり、早朝に攻撃をかけ、ゆとりを持って帰投するのが無難だった。第二次攻撃もしやすかった。

機動部隊に緊張が高まった。「赤城」艦内に、

「総員起こし、戦闘配置につけ」

のラッパが鳴り響いた。

艦内の狭い通路を右に駆ける者、左に駆ける者、階段の昇り降りはすべて駆け足である。

格納庫の飛行機をすべて飛行甲板にあげて、発進する準備隊形を整え、暖気試運転が始まった。

十二月八日、午前一時、「赤城」はオアフ島の北二五〇海里（約四六〇キロ）に達していた。直前偵察のため「利根」「筑摩」から水上偵察機が各一機、射出された。

しばらくたって偵察機から電報が入った。

「空母の姿なし」

というものだった。

「なんだって！」

源田と淵田が同時に声をあげた。戦艦は在泊しているというが、決戦の相手は空母である。半分ツキが落ちた感じだった。

「仕方がない、戦艦を叩くか」

淵田は気を取り直した。いないものは、アレコレ言ってみたところで、どうしようもないのだ。

淵田は艦内の赤城神社に詣で、飛行甲板に立った。わずかだが二時間ほど仮眠していたので、別に眠くはない。

空はまだ暗かった。

発つときは厳冬だったが、ここは初夏の暖かさである。空には積乱雲が湧き上がり、東北東一五メートルの強風だった。しかし間違いなく晴れの気象である。

淵田は大きく息を吸った。

やがて、戦闘機・攻撃機の順に発進準備を整えた飛行機が、出発位置に並んだ。

不思議に心は穏やかだった。

飛行甲板では、整備員たちが一刻を惜しむかのように飛行機にへばりつき、搭乗員たちは飛行服に身を固め、搭乗員待機室に集合していた。

淵田は漆黒の空を見上げた。それから海を見つめた。

波浪は高く、艦の動揺は思ったよりも激しい。しかし発艦に支障を来すほどではない。むしろ緊張があった方がうまく発艦できる。

「まあ、いいだろう」

淵田は自分に言い聞かせ、それから朝飯を食った。

「おはよう、隊長、ホノルルは眠っていますぜ」

雷撃隊の村田少佐が言った。この男はいつも明るい。何度その明るさに助けられたことか。

「どうして分かる？」

「ホノルルのラジオはソフト・ミュージックをやってますぜ。万事、うまくいっている証拠じゃないですか」

村田は箸をオーケストラの指揮棒を振るようにして言った。

「それはいいや」

淵田はうなずき、三分ほどで朝飯をかき込むと、艦橋の作戦室に顔を出した。幕僚たちが一斉に淵田を見つめた。

「長官、行ってまいります」

淵田は南雲長官に向かって敬礼した。長官はちょっと腰を浮かし、

「頼む」

と一言いい、淵田の手を固く握った。

暖かみのある手だった。長官は祈るような目で淵田を見つめた。

淵田はその目を振り切って搭乗員待機室に降りた。待機室には「赤城」の艦長・長谷川喜一大佐もいた。掲示板には午前一時半の「赤城」の現在位置が書かれてあった。

――オアフ島の北、二三〇海里（約四二六キロ）。

とあった。そろそろ発艦である。

「艦長、先にまいります。それにしても空母の所在不明は残念です」

制空隊の指揮官、板谷少佐が言った。

「うん、まったくだ。しかし戦艦がいる」

淵田は笑って板谷を見た。この男の操縦は完璧だった。まるで自分の手足のように零戦を操った。

「気をつけッ！」

淵田は搭乗員を整列させ、それから長谷川艦長に敬礼した。艦長は声を張りあげ、

「所定命令に従って出発ッ！」

「赤城」から真珠湾に向け発艦直前の零戦と九九艦爆（第二次攻撃隊）

と叫んだ。搭乗員は駆け足でそれぞれの機の方に向かった。

バン、バン、バン……、飛行機から青い火花が散り、爆音が轟々と響いた。

肩を叩く男がいた。振り向くと源田である。

「おい、淵、頼むぜ」

「おう、じゃ、ちょっと行ってくるか」

淵田は笑って軽くうなずいた。相変わらず風は強く、艦の動揺は激しかった。

「どうだろうか」

飛行長の増田中佐が心配顔で言った。

「いや、心配いりません」

淵田が言った。「赤城」は風上に向かって全速で走り出した。合成風力（自然の風と空母が進むことで発生する風力）が秒速一八メートルになると、母艦から発艦が可能になる。

マストにはZ旗と並んで戦闘旗が上がった。総指揮官機は、淵田は搭乗機に歩みよった。

夜目にも鮮やかに黄色と赤の印《しるし》が彩られていた。整備の兵曹が直立不動で敬礼し、

「これは我々の気持ちを込めた贈り物です」

と白い鉢巻きを手渡してくれた。

「ありがとう」

淵田は礼を言って飛行帽の上から締めた。身が引き締まる思いがした。

発艦準備が終わった飛行機は航空灯を点滅させていた。発着艦指揮所から青ランプの信号灯が振られると発艦である。

先頭は制空隊の板谷少佐の零戦である。

零戦は唸りをあげて発進した。飛行甲板を飛び出したところで、一瞬見えなくなり、ひやりとしたが、すぐ高度を上げて勇姿を現わした。

数秒おきに八機の零戦が発艦した。

次は自分だ。艦の動揺は相変わらず激しい。ときおり飛行甲板がグラッと傾く。それを乗り越えて発艦するのが操縦者の腕の見せどころだ。青ランプが大きく円を描いて振られた。

「さあ、気を引き締めていくぞ」

淵田は操縦員の松崎大尉に声をかけた。

「ハイ」

松崎大尉は白い歯を見せた。九七式艦上攻撃機は重い機体を揺すって滑走を始めた。淵田は偵察員席から南雲長官に向かって挙手の礼をした。それは一瞬のことで、飛行機は爆音を

響かせて茜色《あかねいろ》の空に舞い上がった。

帽子が千切れるように振られている。

「見ておれ、必ず敵を屠《ほふ》ってやるぞ」

淵田はつぶやいた。六隻の空母から第一次攻撃隊一八三機がとどこおりなく発艦し、それぞれ指揮機の標識灯を頼りに全飛行機が集合し、十五分で編隊を整えた。

予定よりは一機少ない機数だった。

㈡

淵田機は先頭に立って全機を誘導し、艦隊上空を大きく旋回して、機動部隊の全員に挨拶した。全員が帽子を振っていた。淵田はそれを見ながら機首を一路、オアフ島に向けた。

時計を見ると時間は午前一時四十五分であった。

ハワイ時間では午前六時十五分である。

日曜日の朝である。普段よりは朝寝坊の人もいるだろうが、そろそろ起きだす人もいるに違いない。

それにしても絶好の日和だ。

淵田は成功疑いなしとの確信を深めた。

昨日、飛行隊が入手したハワイの情報は次のようなものだった。
一、空母「レキシントン」「エンタープライズ」は出動中。

二、六日の在泊艦は戦艦九隻、軽巡三隻、潜水空母三隻、駆逐艦一七隻、ドックに入っている艦艇、軽巡四隻、駆逐艦四隻、重巡および空母は出動中。

三、ホノルル市街地は平静にして灯火管制なし。

かえすがえすも空母がいないのは残念無念だった。

日曜日だというのに、奴らは訓練をしているのか。

淵田はあきらめきれない気持ちだった。

淵田は後ろを振り返った。

淵田が直接ひきいる水平爆撃隊四九機が続いている。その右、五〇〇メートルには村田少佐の雷撃隊四〇機の姿があった。左には高橋少佐の指揮する五一機の降下爆撃隊がいた。

その上空に板谷少佐の率いる制空隊四三機が周囲に睨みをきかせていた。

淵田は次第に高度をあげて雲上に出た。高度は三〇〇〇メートル。

「まさに鞭声粛々《べんせいしゅくしゅく》、夜河を過《わた》る、だな」

淵田が伝声管に口をあて松崎大尉に言った。

「川中島ですか」

「そうだ。抜き足、差し足だよ。真珠湾が見えるまではな」

「隊長、川中島などと言うと、年が分かりますよ」

松崎大尉にひやかされ、

「まいったな、俺はまだ四十前だよ」

と淵田はホッペタを叩いた。東の空がほのぼのと明るくなった。

真っ黒に見えた雲海が次第に白味を帯びてきた。

「真綿をちぎって、敷きつめたような白一色の漠々たる雲海である。空がコバルト色に光り始める。やがて黄味をさしてきたと思ううちに、太陽が東の空に昇ってきた。燃えるような真紅。そして真っ白な雲海のまわりは、黄金色にふちどられてゆく。大きな大きな太陽であった」

淵田はのちに、こう情景描写している。

時計は午前三時である。

飛行機は一二五ノット（約二三一キロ）で飛んでいた。相当の追い風である。淵田はアメリカ製のラジオ方向探知器、クルシーのスイッチを入れた。レシーバーを耳に当て、ホノルル放送局の電波をキャッチしようとダイヤルを回した。

間もなく軽快なジャズの音楽が流れてきた。

村田のいう通りだ。気楽なもんだ。淵田はニヤリとした。

淵田は伝声管を通して松崎大尉を呼び、無線航法で行くことを告げた。

クルシーの指針にそって飛び続けると、ホノルル放送局のアンテナの真上に着くのだ。

これはたいへん便利な器械であった。残念ながら、アメリカ製というのが玉に瑕《きず》だった。

さてオアフ島の天候が問題だと淵田は思った。ホノルル放送局のダイヤルをいじると天気のニュースが入ってきた。

「おおむね半晴れ。山には雲がかかり雲底三五〇〇フィート。視界良好。北の風一〇ノット」

なんとラッキーなことだ。風向が北となれば島の西側を回って、南の方から北に入ってやろう。雲が切れて視界良好というのは何よりだ。

発艦してから、ちょうど一時間半である。もうそろそろオアフ島が見えるだろう。淵田はそう思って雲の切れ目から下をのぞくと、青い海が目に入った。この日のために血を吐くような猛訓練をしてきたのだ。淵田は目をこらして下を見た。今度は海岸線が見えた。間違いない。夢にまで見たオアフ島の北端、カフク岬だ。淵田は小躍りした。

「松崎大尉、ここはカフク岬だ。右に変針して、海岸に沿いながら島の西側に回れ」

「ハーイ」

総指揮官機は大きく右に変針した。淵田は風防を開き、後ろを振り返った。どうやら一機の落伍もなくついてきている。敵の戦闘機の姿はまったくない。米海軍の者たちは日曜日の朝を満喫し、モーニングティーなどを飲んでいるのだろう。淵田の脳裏にそんな光景が映った。

「よし奇襲でいける。展開を命令するぞ。水平爆撃隊はこのままの高度で西側に回っていけばいいんだ」

「ハーイ」

松崎大尉が答えた。いよいよである。淵田はふたたび風防を開き、信号拳銃を取りあげて発砲した。パーンと軽い音がして黒い煙が後方に流れた。

雷撃隊と水平爆撃隊はすぐ気づき、突撃体勢に入ったが、ちょうど断雲が飛来して上空の戦闘機隊は気づかなかった。淵田はもう一発、信号拳銃を発射した。

これを見た降下爆撃隊の高橋少佐は強襲と判断して、スピードを早めた。そこに偵察機からの連絡が入った。真珠湾の在泊艦数は戦艦一〇、重巡一、軽巡一〇だという。やはり空母はいない。それは残念だが、戦艦はすべていただきだ。天候は風向八〇度、風速一四メートル、敵艦隊上空の雲高一七〇〇メートル。奇跡としか言いようのない好天である。間もなく眼下に戦艦が見えるはずだ。

「隊長、真珠湾が見えます」

松崎大尉が叫んだ。淵田は双眼鏡をとって真珠湾に照準を合わせた。いる。いる。戦艦だ。ぞくぞくするような興奮が淵田を襲った。一隻、二隻、三隻、淵田は身ぶるいを感じながら数えた。

時計の針は午前三時十九分を指していた。いま突撃の命令を出せば、午前三時半（ハワイ時間午前八時）きっかりに火蓋を切ることになるだろう。

「水木兵曹、総飛行機に発信、突撃せよ！」

淵田は叫んだ。水木兵曹は「ト、ト、ト」とト連送の信号を発信した。

日米戦争の始まりだった。日本の最後通牒が遅れたことは誰も知らない。

「水木兵曹、艦隊あてに発信！」

「ハイ」

水木兵曹はすぐ電鍵を叩いた。

トラ、トラ、トラ、われ奇襲に成功せり——。

水木兵曹が叩いた電信はすぐ機動部隊の旗艦「赤城」に伝わり、連合艦隊司令部も直接受信。数時間後には香港、上海、そして世界中に伝わった。時を移さず、雷撃隊が戦艦群に向けて魚雷を発射した。魚雷命中の巨大な水柱や真っ白い煙が戦艦群から上がり、降下爆撃隊も逆さ落としで戦艦に爆弾を叩き付けた。

ころはよしと淵田は水平爆撃隊に攻撃命令を出し、高度三〇〇〇メートルから爆撃のコースに入った。そのとき地上で青白い閃光が上がり、激しい対空砲火が始まった。至近弾が右に左に炸裂する。機体がグラグラと揺れる。さすがは米軍だ。凄まじい砲火であった。

これほど早く反応するとは見上げたものであった。

淵田機は対空砲火を避けて、ダイヤモンドヘッドの辺りから爆撃に移ろうとした。そのとき、戦艦が大爆発を起こし、黒煙が天にも届くほど湧き上がっているのを見た。弾薬庫が誘爆したのであろう。

真珠湾は地獄の光景を呈していた。飛行場からも火災が発生し、在泊の米艦隊はもはや壊滅状態だった。

正直、これはスリルに満ちた攻撃だった。

上から落とした爆弾が当たるか当たらぬかを見守ることぐらい、ぞくぞくするスリルはなかった。淵田はしばし自分が全軍の指揮官であることを忘れて、一瞬のスリルに陶酔した。

「ざまあ見ろ」

と言いたい心境だったが、火災の中でうごめいている人がいるかと思うと、同情の気持ちも湧いた。しかし、これは戦争である。国際法で認められた戦争である。たまたまいまは日本軍が勝っているが、今度は敵の空母から艦載機が発進して、こちらに反撃を加えるかも知れない。

感傷的になってはならない。冷静に大胆に戦うことだ。淵田は鋭い目で炎上する敵艦の数をかぞえた。

この頃から俄然、敵の対空砲火が激しく火を噴き出した。

編隊の前後左右に炸裂する爆煙がちぎれ雲のように流れた。攻撃開始から五分である。さすがだと感心した。突然、ビシッと機体が揺れた。棒で殴られたような感じである。

「隊長、どこかやられませんでしたか」

松崎大尉が聞いてきた。すると後部の水木兵曹が、

「左の胴体に穴があきました。操縦索が半分ほど切れています」

と言ってきた。操縦索が全部切れたら御陀仏《おだぶつ》である。

「松崎大尉、操縦は大丈夫か」

「ハイ、大丈夫です」

元気な声が返ってきた。

ヤレヤレである。うっかり見とれているうちに、大変なことになるところだった。渕田は冷や汗をかいた。渕田機はフォード島の一番北にいる戦艦「ネバダ」を狙って、爆弾投下の準備に入った。ふと脇を見ると、三番機の爆弾がフワフワと落下してゆく。

「何をやっているんだ」

と拳骨を固めて三番機に示すと、風防ガラスに黒板が出てきた。

「胴体下部に命中弾」

と双眼鏡で読めた。それで爆弾が落ちてしまったのだ。操縦には支障がないようだが、かなりの被害がありそうだった。

雲のために、なかなか照準が合わせられない。やり直しをしようとホノルルの上空を左へ大きく旋回したとき、フォード島東側の戦艦在泊位置に天にも昇る火柱があがった。しばらくして、ドドドンという大爆発が機体にも響いた。

「見ろ、大爆発だ」

「隊長、火薬庫が誘爆したんでしょうね」

松崎大尉の興奮した声が伝声管から流れた。

大成功だ。渕田も興奮し、自らも敵艦を狙って爆弾を投下した。

(三)

日本軍機の雷爆撃を受け炎上する真珠湾の米戦艦群。手前が「アリゾナ」

日本の雷撃隊が襲いかかって来たとき、戦艦群は午前八時の軍艦旗掲揚の準備をしていた。戦艦「アリゾナ」の艦上では日曜の朝の礼拝にそなえて祭壇が設けられていた。舷側にはミサのために教会に出かける水兵を運ぶランチも着いていた。

大部分の兵士は日曜日の感覚だったが、機雷敷設艦「オグララ」に泊まり込んでいた、太平洋基地部隊の指揮官ファーロング少将は違っていた。

最初、飛行機が爆弾を落とすのを見て「バカ野郎、投下装置をしっかりつけろ」と怒鳴ったが、翼に日の丸を見たとき、

「日本軍だッ、配置につけッ」

と叫び、在港の全艦艇に出撃の警報を出した。しかし、誰もが最初は信じなかった。

戦艦「ネバダ」の軍楽隊は、村田少佐の隊の雷撃機が、「アリゾナ」の方向に魚雷を発射し

たときも、

「むちゃくちゃなパイロットがいる」

と思ったほどだった。

午前八時十分、戦艦「オクラホマ」は横倒しとなり、総員退去の命令が出され、皆、海に飛び込み、陸に向かって泳ぎだした。

そのとき、戦艦「アリゾナ」から言いつくせないほどの恐ろしい爆発音が起こり、すべてのものを空に吹き上げ、周囲の人々を殺戮した。「アリゾナ」は、外側の工作艦の艦首を通過した魚雷を一発受けたあと、水平爆撃の直撃を浴び、この一瞬の爆発で、キッド少将と「アリゾナ」の艦長バルケンバーク大佐を含む約一〇〇〇名の命が奪われた。

八〇〇キロ爆弾が火薬庫に命中したのである。生き残ったのは一四一一名中、わずかに二〇〇名たらずであった。

「パールハーバー、これは演習にあらず」

という有名な電文を打ったのは、ホノルル海軍航空基地の作戦士官ラムジー中佐であった。

彼は、フォード島にある司令部の自分の部屋で、基地に向かって急降下してくる飛行機を見つけた。

「あの野郎ッ、ルール違反だ！」

烈火のごとく怒った。そのとき、ふわりと黒いものが落ちた。次の瞬間、格納庫で大爆発が起こった。そして先の電報を打ったのだった。

アメリカ太平洋艦隊が日本海軍の奇襲を、まったく気づかずにいたわけではなかった。

この朝、ハワイ時間の午前三時四十二分、警戒中の掃海艇「コンドル」がパールハーバーの入り口のブイからほんの少し出た沖合で、左舷前方に潜水艇の司令塔を発見した。これは日本海軍が放った特殊潜航艇だった。

通報を受けた駆逐艦「ウォード」はすぐ現場に駆けつけ、探索した。だが発見できず、「見まちがいであろう」ということになり、警戒は解除されてしまった。これも日本海軍にとって天佑だった。もし発見され、徹底的に調べられれば、

「おかしい」

ということになるはずだった。

午前六時三十分、今度はブイのある水道の外側の入り口で、艀《はしけ》を曳航していた補給船「アンタレス」が、必死になって潜航しようとしている小型潜航艇を発見した。このときも駆逐艦「ウォード」が呼ばれ、艦長は砲撃を加え、これを横転させ、爆雷を投下して止《とど》めを刺した。さらに明け方、哨戒に出たPBY飛行艇が潜水艦を見つけ、撃沈したという連絡も入った。

もう明らかに日本海軍の襲撃だった。それ以外に考えようがなかった。しかしこの情報を重要視する人はいなかった。太平洋艦隊司令長官のキンメル提督は早朝ゴルフの約束があった。

「それは誤報だ」

とキンメルは思った。

ハズバンド・E・キンメル提督は、ルーズベルト大総領の眼鏡《めがね》にかなったアメリカ海軍のエリートだった。

だがキンメルの頭には、日本の空母艦隊がハワイに来られるはずはないという先入観があった。おまけにパールハーバーの水深は一二メートルである。そこを攻撃できる魚雷はないと思っていた。油断といえば油断だが、日本海軍がそれほどの力を持っているとは信じられぬことだった。

それにしても、この朝、小型潜航艇を撃沈し、その知らせも入っているのだ。総員配置をして警戒に当たってしかるべきだった。のちキンメルは職務怠慢を問われ、軍人としての栄光をすべて剥奪され、海軍を退職する。

米軍の失敗はまだある。

陸軍通信部隊は午前七時すぎ、レーダーに巨大な物体の影が映ったのを確認した。しかしB17の一隊がこの朝、本土の西海岸から飛来するという連絡を受けており、この巨大な映像はアメリカの爆撃機に違いないと判断した。そのときB17は遥かに遠方を飛行中で、レーダーに映ったのは、まぎれもなく淵田の第一次攻撃隊だったのだ。

米海軍としては、とても人には言えないような大失態の連続だった。

「敵主力艦を雷撃す、効果甚大」

旗艦「赤城」には攻撃隊から続々、電報が入ってくる。艦橋が興奮の渦になっているころ、米海軍の電報は悲惨だった。

「パールハーバーの空襲は演習にあらず」

「オアフ急襲さる、ＳＯＳ、ＳＯＳ！」

「ウエストバージニア付近の重油大火災、防火艇を送れ！」

それは断末魔の悲鳴だった。とにかく見事な奇襲攻撃だった。

（四）

日本海軍の攻撃は実に見事なものであった。第一次攻撃隊に続いてハワイ時間の午前七時、第二次攻撃隊一六七機が空母を飛び立った。指揮官は「瑞鶴」の嶋崎重和少佐である。嶋崎は途中で、

「ト、ト、ト」

と全軍突撃の電信を聞き、ちょっと間をおいて、

「トラ、トラ、トラ」

奇襲成功を耳にして、オアフ島の上空に着いた。

第二次攻撃隊がハワイ上空に来たとき、真珠湾はものすごい黒煙を吹き上げていた。そのなかで米兵が高角砲や機銃にしがみつき、しゃにむに対空砲火を浴びせ続けていた。

第二次攻撃隊は次々と被弾した。エンジンから煙を吹き出し、高度を下げて行く飛行機もあった。

真珠湾上空を飛ぶ九七艦攻。第二次
攻撃隊「瑞鶴」水平爆撃隊の所属機

高度を下げながら戦艦群を見ると、二列に並ぶ内側の戦艦のように見えた。江草隆繁少佐が指揮する降下爆撃隊の阿部善次大尉は、中隊の飛行機を率いてフォード島の手前、高度二五〇〇メートルから左にひねって急降下で突入した。一番右にいるでっかいのに照準を合わせ、

「ヨーイ、テー」

と叫んで爆弾を投下した。

一瞬、目がくらんだ。曳光弾が目に入った。敵弾が当たれば御陀仏だ。高度三〇メートルでフォード島を飛び越え、南西端のバーバースポイントに向かったとき、阿部大尉は初めて安堵した。生きているという実感があった。

そのうちに次々と中隊機が集まってきたが、二番機の姿はなかった。

アメリカ海軍は迎撃態勢を整え、間断なく対空砲火を続け、様相はかなり異なってきていた。

「アッ」

友軍機が次々と撃墜されてゆくたびに、阿部は悲鳴をあげた。第一中隊は三機が撃墜された。対空砲火を止めなければならない。阿部は目を皿のようにして敵の砲台をさぐった。

指揮官・嶋崎少佐の率いる水平爆撃隊は、島の東側を回ってカネオへおよびヒッカム、フォード飛行場を攻撃した。第二次攻撃隊の猛攻は約一時間にわたって展開され、第一次攻撃隊の戦果をさらに拡大した。

淵田は真珠湾上空を一度大きく旋回し、写真を撮影した。すでに滞空三時間である。

「松崎大尉、戻るぞ」

「ハーイ」

淵田機は機首を空母に向けた。そのとき、一機の戦闘機が近づいてきた。敵機かと一瞬目をこらすと日の丸のマークがあった。零戦はバンクしながら後ろについた。そのうちにまた一機現われた。帰投の方向を見失っていたようだった。

「よかった」

淵田は胸をなで下ろし、戦果をまとめてみた。戦艦四隻の撃沈は確実であり、あと三隻は撃破まちがいなしで、ヒッカム、ホイラー飛行場も炎上中だ。空母がいなかったのは返すがえすも残念であるが、まずまずの戦果だと判断し、あとはわが方の損害がどの程度かが気になった。


被害はやはり第二次攻撃隊に集中していた。制空隊長の飯田房太大尉は、カネオへ基地を攻撃後、自機が被弾してガソリンが漏れているのを発見、僚機を率いてしばらく母艦の方に飛び、それから手を振って別れを告げ、カネオへ基地に突入していった。飯田機を撃ったのは飛行場の兵器員サンズだった。サンズは突っ込んできた飯田機に自動小銃を撃ち続けて被弾させ、ガソリンを吹き出しながら戻ってきた機に再度、立ち向かい、銃弾を浴びせ続けた。

飯田が撃った機銃弾はサンズには当たらず、飯田機はサンズの頭上を飛び越す直前に射撃をやめ、そのまま地面に突っ込んでバラバラになった。のちに米軍は飯田の遺体を拾い集め、埋葬している。

「加賀」の五島一平飛曹長は被弾して、やむを得ず敵のヒッカム飛行場に強行着陸し、ピストルで敵の飛行機を撃ち、戦死した。また母艦の位置を見失い、二機の降下爆撃機が位置を求める通信をしてきたが、敵空母に察知されるため回答できなかった。そのため、爆撃機は燃料が切れて、海中に突入した。

「バンザーイ、バンザーイ」

という最後の電文を聞いて、母艦の電信員は号泣した。

泥棒も帰りは怖い

(一)

ハワイ攻撃は空前絶後の大勝利といってよかった。

アメリカはひっくり返るような騒ぎだろう。

「隊長、よかったですね」

松崎大尉が言った。

「なんとか役目は果たせたな。しかし、永遠に日本に帰れぬ戦友を思うと涙が出るよ」

「ハイ、これが戦争なんですね」

松崎大尉も声を詰まらせた。

「それにしてもなあ」

淵田は溜め息をついた。無傷で残った敵の空母である。一体、敵空母はどこにいるのか。

淵田は海面を見続けた。もうひとつ、しまったという思いがあった。石油タンク群である。

燃料があれば米海軍はすぐに活動できる。「赤城」に帰艦したら、とにかく第二撃の第三次攻撃隊を発進させ、石油タンクをつぶし、索敵して空母攻撃に向かわねばならない。淵田の表情は厳しかった。

そのころ「赤城」をはじめ各空母は、殺人的な作業に追われていた。被弾した飛行機が甲板に着艦すると、中から血まみれの怪我人が運びだされる。もう息絶えた搭乗員もいた。

淵田機がブレーキを利かせて甲板に降りると、源田が走ってきた。

「淵田、お疲れさん、大成功だ」

「いやあ、皆、よく頑張った。それで何機帰ってこない?」

「三〇ぐらいだ」

「そうか」

淵田は、やはりと思った。多いか少ないかは判断の分かれるところだが、帰ってこないのは誰だろうかと気になった。幕僚たちは奇襲の成功に浮かれているだろうが、現実の戦争はそんなものではない。要は、やるかやられるかだ。奴らはいずれ復讐してくるだろう。奴らの反撃を止めるためにも、空母をやらねばならない。淵田は焦っていた。

「源田、敵の空母はどうなっている」

「それは分からん、早く来てくれ」

源田はそう言って、艦橋に駆け登っていった。淵田は搭乗員待機室に顔を出した。

すでに村田少佐、板谷少佐、進藤大尉、千早大尉らの元気な姿があった。

「お前たちは凄いや」

と次々に握手したあと、艦橋に向かった。敵空母が近くにいて、艦載機が攻撃をしてくるかも知れない。攻撃機の収容と迎撃の準備で、どこも異常な興奮状態にあった。

発着甲板では第三次攻撃の準備が進められており、燃料を補給し、爆弾を搭載して攻撃機が発艦の位置に並べられていた。

淵田は艦橋に駆け上がるや、待ち受けていた長谷川艦長に報告しようとした。すると南雲長官が横から口を開いた。

「隊長、ご苦労であった。攻撃の成果はどのようなものか」

一刻も早く報告を聞きたい様子だった。

淵田は的確な判定は困難だが、戦艦四隻の撃沈は確実だと答えた。

「そうか、他の四隻はどうだ」

とたたみかけてきた。

「当分、動けない損害は与えてきたと思います。しかし、まだ多くの艦艇が残っており、第二撃の要ありです」

南雲長官は「ううむ」と考え込み、草鹿参謀長が航空基地の状況を聞いた。

南雲長官と草鹿参謀長の心配は、敵爆撃機の反撃があるかどうかだった。

「あるかも知れません」

淵田が答えると源田が、

「たとえ反撃があっても、こちらの上空直衛戦闘機で叩きつぶします」

と力強く答えた。

「では、第二撃では何を叩くのだ」

草鹿参謀長が聞いてきた。

「もう一度、戦艦を叩いて戦果を徹底させ、海軍工廠の修理施設や燃料タンクをぶち壊します」

淵田が答えた。

「分かった。このことはあとで司令部で決める。ご苦労さん」

草鹿参謀長が言った。源田は非常に不満な顔をしていたが、さすがに何も言えずにいた。

淵田は第二撃、つまり第三次攻撃はあるものと判断して、発着艦指揮所に下り、さっそく指揮官たちと攻撃の打ち合わせに入った。そこへ「蒼龍」から信号があって、第二航空戦隊の山口司令官から「攻撃隊の準備完了」の報告があった。

「さすがだね」

村田少佐が山口司令官の判断の早さを褒めた。

「もうハワイの制空権はこちらにあるよ。ビクビクすることは何もないんだ。もっとハワイに近寄って、徹底的に爆撃すべきだよ」

村田少佐が言い、「空母を見つけ、決戦を挑もうではないか」と板谷少佐が言った。

(二)

「隊長、引き返すらしいね」

様子を見に行った村田少佐が戻ってきた。

「なんだって？」

淵田は飛行甲板に出た。

変針の針路信号がマストに上がっていて、機動部隊はもと来た道をまっすぐに戻り始めた。

「どうも臆病すぎるな」

淵田は南雲長官のやり方に不満だった。ここは敵空母を探し出して叩く勇気が欲しいと思った。

「燃料のこともあるだろうし、こちらの犠牲を最小限に押さえたのでは……」

板谷少佐が言った。

南雲長官は最終的にカリフォルニア型、ウエストバージニア型、アリゾナ型戦艦三隻、標的艦「ユタ」、重巡、給油艦各一隻を撃沈、アリゾナ型、ウエストバージニア型戦艦、軽巡そのほかを撃破したと判断し、東京に送電した。

源田はどうだったのか。

「この海域に数日とどまって、敵空母を攻撃すべしと、南雲長官に執拗に提案した」

淵田の知らぬところで源田も強硬に第三次攻撃を主張していた。源田は単に燃料タンクにとどまらず、空母を目標にした。

ところがその源田自身が戦後、第三次攻撃を否定する発言を行ない、ややこしい問題に発展した。

「私は開戦八時間前から四日間、不眠不休で艦に詰めていたが、そんな事実は全然なかった。私は意見具申などしていない」

源田が言い出したのだ。

どちらが本当なのか。

源田は戦後、航空自衛隊に入り、空将、航空幕僚長とトップの座につき、昭和三十七年（一九六二）に参議院議員に初当選、以来、四期にわたって当選した。平成元年（一九八九）に亡くなるまで、その人気は抜群だった。敗戦という苦しみはあったが、他の人々に比べれば終生、陽の当たる道を歩いた人であった。源田の発言は参議院議員になってから、だいぶ異なるようになった。南雲長官に対する配慮があったのかも知れない。

当の淵田も戦後、変化している。淵田は昭和三十一年（一九五六）、「別冊知性」に手記を書いたが、不思議なことに、この問題にはまったくふれず、「攻撃の第一目標である空母群、巡洋艦部隊を逸したが、南方作戦の間、太平洋艦隊の本格的渡洋来攻を阻止せんとする所期の作戦目標は達成した。南雲長官は飛行機の収容を終わると、針路を北北西に反転し、もと来た道にそって姿を消してしまった。まことに、その来るや魔のごとく、その去るや風のごとしであった」と述懐したにとどまった。

戦争も十年を過ぎると、戦争観も変わり、その後サイパン島で悲惨な死を遂げた南雲長官をかばったに違いなかった。

ただ一つ、明確にいえることは、限られた時間の中での結論の出し方の難しさだった。瀬戸内海の柱島沖に錨を下ろした連合艦隊の旗艦「長門」の艦上では、山本長官を中心に幕僚たちが奇襲成功の報を待ちわびていた。敵味方からの通信傍受で、米太平洋艦隊が大混乱に陥ったことはすぐに分かった。

連合艦隊の幕僚は、佐々木航空参謀を除く全員が第二撃を主張、「真珠湾の港湾施設を破壊し、敵空母を求めて撃破すべし」という意見をまとめ、山本長官に意見の具申を行なった。

これを聞いた山本長官は即座に、

「もちろん、それをやれば満点だ。自分もそれを希望するが、被害の状況が少し分からぬから、ここは機動部隊の指揮官に任せておこう。しかし南雲はやらぬだろう。泥棒も帰りは怖いもんだよ」

と言った。

これについては草鹿参謀長の回想もある。

「そもそも真珠湾攻撃の最大目的は、敵の太平洋艦隊に大打撃を与え、その侵攻企図を挫折させるにあった。だからこそ攻撃は一太刀と決め、周到な計画のもとに手練の一撃を加えたのだ。機動部隊が立ち向かう敵はまだ一、二にとどまらない。いつまでも獲物に執着すべきでなく、すぐ他に構えがあるとして、何の躊躇もなく南雲長官に進言して引き上げることに決した。なぜもう一度、攻撃を反復しなかったのか、工廠や油槽を破壊しなかったのかの批判もあるが、これはいずれも兵機戦機の機微にふれないものの戦略論であると思う」

それはまさしく燃料タンクと工廠施設をどう捉えるかという戦略論であった。

忘れてならないことが一つある。先にも少し触れたが、第二航空戦隊司令官の山口多聞少将の存在である。山口司令官は空母「蒼龍」「飛龍」を率いてハワイ攻撃に加わっていた。

当初、この二隻の空母はハワイ攻撃からはずされていたが、山口が強硬に主張して加わった。

彼は若き日、アメリカのプリンストン大学で語学研修生として過ごした。その後、米国駐在武官となり、山本五十六の副官としてロンドン軍縮会議にも出席、山本長官直系の将官として自他ともに認める存在だった。昭和十五年、第二航空戦隊司令官として空母「飛龍」に着任、猛訓練を続けてきた。

性格は豪放で、判断が早かった。ハワイ攻撃のとき山口は、「蒼龍」に乗り込んでいたが、制空隊の菅波政治大尉が「第三次攻撃の要あり」と報告するや、これを認め、「蒼龍」「飛龍」の飛行隊にただちに第三次攻撃隊の編成を命じた。

航空参謀の鈴木中佐から準備完了の報告を受けると、発進の許可をもらうべく信号旗を上げた。だが、旗艦「赤城」からは何の連絡もなかった。

南雲長官との確執も伝えられ、機動部隊に重苦しい雰囲気が残った。

ルーズベルト激怒の日々

（一）

ワシントンに真珠湾奇襲の知らせが入ったのは、現地時間の午後一時半だった。

「なんだって、それは嘘だろう」

ノックス海軍長官は大声で叫んだ。

「いや、本当です」

とスターク海軍作戦部長が答えたので、ノックス長官はすぐにホワイトハウスに電話して、ルーズベルト大統領に伝えた。このとき、日本の最後通牒はまだ米国政府に手渡されておらず、ハル国務長官は野村、来栖《くるす》の両大使を罵倒した。翻訳作業の遅れによる手違いだった。

大統領のその後の行動は早かった。

大統領報道官は新聞記者をホワイトハウスに呼び、真珠湾攻撃の驚くべきニュースの概要を発表した。

ルーズベルト大統領は激怒していた。刻々入ってくる戦況は惨憺《さんたん》たるものだった。

これが世界に冠たるアメリカなのかというぐらい、ひどいものだった。とくに大統領が怒ったのは、米軍の飛行機が大半、地上で撃破されたことだった。

「なんということだ、地上とは！」

大統領は机を叩いて怒り狂った。これほどの屈辱はない。大統領は全身をワナワナと震わせた。

ルーズベルト大統領にとって、日本は東洋の小国に過ぎなかった。イギリスが梃子《てこ》入れして日本海軍が誕生し、その後、国産の軍艦も造れるようになったという。けれども、聞くところによると、軍艦はことごとく頭でっかち、トップヘビーなので、恐らく海戦が始まれば、すぐひっくり返るに違いないと聞かされていた。また、飛行機のパイロットは皆、眼鏡をかけて不器用で、すぐ落ちるという話だった。その日本が空母を派遣し、艦載機でハワイを奇襲したというのは、青天の霹靂《へきれき》以外の何物でもなかった。

黄色人種にそんなことができるのか、という思いだった。アメリカ人の人種と肌の色に対する尊大な思い上がりもあった。

まさかの、まさかであった。

日本がこれほどの軍事力を持っているとは、夢にも思わぬことだった。それだけに、いい加減なことばかり報告してきた官僚や軍人たちへの腹立たしさも重なって、怒りは容易に収まらなかった。しかし夜、イギリスのチャーチル首相が電話を寄越した頃には、だいぶ冷静になっていた。

「日本とはどうなっているんです？」

チャーチルが言った。戦争が始まったことを百も承知で、こんなことを聞くチャーチルに腹が立ったが、ぐっと我慢して、

「我々はいまや同じボートに乗ったのです」

と答えた。日本軍の攻撃で頭を痛めていたのはチャーチルの方だった。イギリスはナチスドイツに攻められ、そこへ日本の南進政策である。香港もどうなるか分からないし、インドやマレー半島に持つ多くの権益が危ない状況になっていた。アメリカを戦争に引きずり込むことこそ、イギリスが勝利するほとんど唯一の方法だった。

これで安心して眠れるというのが、チャーチルの本心だった。


大統領は夜八時から緊急閣僚会議を招集した。上院議員も加わった。

日本がけしからんというよりも、「わが海軍は眠っていたのか」ということの方が問題になった。陸海軍の怠慢が責められた。この辺りは日本とは異なる点だった。

とにかく現地を見る必要がある。ノックス海軍長官はハワイに飛んだ。

ノックス海軍長官は自分を落ち着かせようとした。

戦艦がやられ、飛行機も海軍が八〇機、陸軍が二三一機を失い、三六八一名の人的損害を出したが、沈んだ二隻の戦艦はもともと旧式で、戦力外のものだった。機械工場、修理施設も残っていたし、燃料タンクには四五〇〇万バーレルの石油も残っていた。加えて、空母が全

く無傷のままである。これが救いだと判断した。ただ将兵はまったく自信を失っており、もう一度、日本海軍が攻撃をかけてくれば、ハワイは占領されるかも知れないという危惧を抱いていた。

陸海軍の首脳も同意見だった。

平成九年十二月六日、時事通信社が米国立公文書館に眠る米軍の機密文書の存在をつき止め、配信したことがあった。それによると、スターク海軍作戦部長は昭和十六年（一九四一）十二月十一日付でマーシャル陸軍参謀総長宛に書簡を送り、「日本軍が海戦を挑むなら米艦隊は全滅の事態も起こりうる」と警告したという。きわめて率直な意見であった。その上でスターク部長は「日本軍にとって、全ハワイの占領も可能だ」とし、ハワイ防衛のための増援を訴えていた。

源田や淵田の言う通りだった。

アメリカの空母はまだ訓練中で、真珠湾を攻めた日本海軍の飛行隊にかかっては、赤子の手をひねるようなものだ、と米軍首脳は見たのであった。これは、まことに冷静な分析だった。

日本の機動部隊が風のごとく戦場から消えたことは、アメリカにとってまさに天佑だった。

米空母「レキシントン」と「エンタープライズ」は南雲機動部隊の三五〇機に対して、わずか一三一機の艦載機しかなく、南雲機動部隊に遭遇すれば、二隻とも撃沈された可能性が十分にあった。

それだけに米海軍首脳はそれから数日間、南雲機動部隊の幻影に悩まされることになる。キンメル司令長官が解任されたのは十二月十七日で、後任はチェスター・ニミッツ提督だった。赴任して見ると、そこにあるのは極度の士気の沈滞だった。

ニミッツは幕僚一同に対していっさい更迭《こうてつ》はしないと約束し、まず士気の回復を図り、全員を元気づけた。ニミッツは思いやりの深い、謙虚な人物であった。

ニミッツのもとには、海軍のほかに陸軍六個師団も含めて六〇〇名の幕僚がひしめき、部下に二一名の将官がいた。指揮する艦船は約五〇〇〇隻、飛行機一万五〇〇〇機、やがて総力をあげて日本海軍に決戦を挑んでくる。

リメンバー・パールハーバー！　真珠湾を忘れるな！

ルーズベルト大統領が国民に総決起を呼び掛けていたころ、日本は沸き立っていた。

連日、新聞やラジオで大戦果が報道され、国民は狂喜乱舞した。

機動部隊が日本に帰ったのは、十二月二十三日だった。

敵潜水艦侵入の疑いありということで、厳重な警戒のもと瀬戸内海に入り、単冠《ひとかっぷ》湾を出港して以来、二十七日ぶりの帰国であった。

柱島に錨を下ろすと、連合艦隊の宇垣纒《まとめ》・参謀長が駆けつけて労をねぎらい、翌日には山本長官が永野修身《おさみ》・軍令部総長とともに「赤城」に来艦し、皆を慰労した。このあと、「真の戦争はこれからである。奇襲の一戦に心がおごるようでは、真の強兵ではない。勝って兜の緒を締めよとはまさにこのことである。諸君は凱旋したのではない。次の戦《いくさ》に備えるために一時、帰投したままである。一層の戒心を望む」

と山本長官は訓示したが、まさにその通りであった。

淵田ら飛行機隊はそれぞれ陸上基地に向かい、淵田は鹿児島に帰還した。

それからが大変だった。帰還した飛行機が真珠湾攻撃の勇士のものだと分かるや、大勢の小学生が花束を持って出迎え、そこには鹿児島県知事や鹿児島市長の顔もあった。その夜は市内の料亭「青柳」で知事主催の大宴会が開かれ、無礼講《ぶれいこう》で飲み、歌い、踊り、深夜までのドンチャン騒ぎとなってしまった。

淵田も酒は嫌いではない。

その席に一通の電報がもたらされた。

「明日、赤城に出頭すべし」

というのだった。しかしだいぶ飲んだあとだったので、もはやブレーキが利かない。

「かまわぬ、かまわぬ」

と気炎をあげて酒宴を続けたため、翌朝は、ひどい二日酔いだった。

搭乗員は飛行機の操縦もままならず、村田少佐が替わって操縦桿を握った。

今でいうストレスがたまっていたのだ。深酒も致し方なかった。

(二)

そんな淵田だったので、山本長官の訓示までは良かった。だが、長官を囲んでの昼食は胃がむかついて食べられたものではない。

そんなことも知らずに、山本長官は非常にご機嫌だった。

「すべて君のことは聞いていたよ」

山本長官はそう言い、「これは私からの贈り物だ」と自筆の掛け軸を手渡してくれた。

淵田指揮官の活躍　突撃の電波は耳を劈《つんざ》きぬ　三千浬《かいり》外ハワイの空ゆ

昭和十六年十二月八日　山本五十六

そう鮮やかに墨書《ぼくしょ》されていた。淵田は時の人になっていた。

「源田、いい加減にしてくれよ。俺一人がやったわけじゃない」

「いいじゃないか。お前は代表なんだ」

人のことだと思って源田は冷たかった。

淵田が恐縮したのは、天皇陛下の拝謁だった。宮中に参内《さんだい》することになったのは、淵田と第二次攻撃隊指揮官の嶋崎重和少佐である。嶋崎少佐は空母「瑞鶴」に乗り込み、水平爆撃機に搭乗して参戦した。

「淵田さん、そういう堅苦しいところは御免ですよ」

嶋崎は困惑の体《てい》だった。淵田とて同じである。しかし陛下のたってのご希望とあれば、致し方のないことだった。

天皇へのご説明は二十六日に行なわれた。その前に軍令部に出頭し、永野軍令部総長や南雲長官との打ち合わせがあった。

「いいか、陛下に直接、お答えしてはならん。必ず侍従武官の方にお答えするのだ」

軍令部総長が言った。南雲長官は「フムフム」とうなずいているだけで、特にどうということもなかった。淵田と嶋崎の肩書は、軍令部総長の特別補佐官といういかめしいものだった。

「腹をくくるしかあるまい」

淵田は顔色が悪い嶋崎に向かって言った。

四人は十一時すぎに皇居に向かい、やや小さな部屋に通された。

部屋の中央に演台があり、その上に陛下が座られる玉座があった。

天皇がお入りになると、四人は深々と頭を下げ、それから軍令部総長が三人を陛下に紹介した。はじめに南雲長官がハワイ作戦の概要をご説明し、天佑神助によって成功したと申し上げた。次いで淵田が紹介され、淵田は図面を用いて攻撃の模様をくわしくお話し申し上げた。

陛下は熱心にお聞きになり、撃墜した飛行機の中に民間機はいなかったのか、湾内に病院船はいなかったのか、母艦を見失って帰投できなかった飛行機はいなかったのかなど、細かく質問された。

淵田は民間機も一機いた可能性があること、病院船はいなかったことなどをご説明した。

陛下が非戦闘員に対する攻撃は国際法に反するというお考えを持っておられ、淵田は感銘を受けた。

このあと、嶋崎が緊張した表情でオアフ飛行場の攻撃の模様をご報告した。体が震えているのが感じられ、

「落ち着け、落ち着け」

と淵田が目でサインを送った。

思いがけぬ重大な説明をする羽目になり、さらに海軍大臣主催の昼食会、兵学校の同級会と多忙を極めた。淵田は、

「なんだこの浮かれ具合は。いつまでもこんなことはやっていられねぇぞ」

と不機嫌だった。米国は強敵なのだ。古い戦艦の三、四隻沈めたところで、どれほどの効果があるんだという思いがあった。同級会のとき、淵田は率直に源田に言った。

「お前、本当にこれでいいのか」

「いや、よくない。俺はアメリカの太平洋艦隊を完膚なきまでに叩きたい。南方侵攻作戦は陸軍で十分じゃねぇのか」

源田も不服であった。

「お前、なんとかしろ」

「頑張ってみる」

という話だったが、当面、米太平洋艦隊との戦いはなく、淵田も南雲機動部隊の一員として南方に派遣されることになった。しかも淵田を怒らせる出来事があった。

機動部隊の解散である。

淵田の持論は、空母六隻の機動部隊に「龍驤《りゅうじょう》」「鳳翔《ほうしょう》」の第四航空戦隊も加えた世界一の空母艦隊を編成し、米太平洋艦隊と雌雄を決する、というものだった。

淵田に言わせれば、南方の米英軍など問題外だった。米太平洋艦隊が消滅すれば、南方は自動的に日本の手に落ちるのだ。この簡単な原理が分からないのか。淵田は酒がまずく、「こんな酒が飲めるか」と席を蹴ったことさえあった。

国民のあおり方も、どうかという気がした。

新聞が大袈裟《おおげさ》なのだ。

各新聞はハワイ攻撃のとき、米艦船の写真を掲げ大々的に報道した。

それはいいが、帰国して眺めてみると、事実とかなりかけ離れているのだ。

朝日新聞は「米太平洋艦隊は全滅せり」と報じ、社説には「これはいうまでもなく、米国の太平洋における攻撃作戦能力を完全に喪失せしめるものである」と書いていた。

「冗談じゃない」

淵田は驚いた。米太平洋艦隊の空母は撃ちもらしており、敵は虎視《こし》眈々《たんたん》と反撃を狙っているのだ。

新聞社は海軍省や軍令部から取材して書いているのだろうが、もっと調べてほしいと思った。

　もっとも、検閲があって、このようにしか書けないのだろうが、事実と違ったことで国民が狂喜乱舞していると、大変なことになるという危機感があった。

　淵田は思いあまって、軍令部第一部長の福留繁《しげる》少将にねじ込んだ。

「第一航空艦隊を解体して、バラバラにするというのは納得できませんが」

「君はハワイにこだわっているそうだが、いま大事なのは南方だよ」

　福留が言った。

「敵は米国です。空母がある限り、必ず反攻してきます」

「まあ、そのときは夜陰《やいん》に乗じて、水雷攻撃で敵の空母を沈めてみせるさ」

と、かたわらで幕僚の一人が言った。冗談じゃない。淵田は愕然とした。日本海軍の作戦を決める軍令部の作戦部長の周辺が、この程度の知識しかないのだ。

　海兵をどんなに優秀な成績で卒業し、海軍大学校に進み、恩賜《おんし》の軍刀をもらったところで、それはもう過去のことなのだ。

　巡洋艦や駆逐艦が空母のそばまで行けるなどと考えるのは、まったく意味のないことで、艦載機にすぐ撃沈されることを知らないのか。

　お偉方の戦略の著しい欠如に、淵田は馬鹿ばかしさを感じた。

　日本に資源がないことは承知している。その資源を確保せんとするあまり、さほどの敵もいない南方に虎の子の空母を分散して、搭乗員を消耗させるようなことがあってはならないのだ。

南方に展開する米軍や英軍は部隊としては脆弱《ぜいじゃく》で、いずれ逃げ出していくであろうと思われたからだった。そんな弱い相手と戦っている間に、米太平洋艦隊は増強を図っていることは火を見るよりも明らかだ。

淵田はなおもハワイ攻撃にこだわったが、まったく取り上げてもらえなかった。

「源田、お前もお前だ、何を考えているんだ」

淵田は源田に怒りをぶっつけた。

「俺だって同じだ。ハワイで勝ち過ぎたな」

源田が言った。源田の作戦構想は、とりあえずミッドウェーと真珠湾をにらんで、トラック環礁《かんしょう》に入って待機するというものだった。

俺たちは単なる便利屋か。言われた通りに飛行機をとばしていれば、それでいいのか。

淵田の心に疑念が湧いた。

「隊長、我々はいつ死ぬか分かりませんよ。いまならば米空母をやっつけられるが、俺たちが死んだら、難しくなりますよ。隊長が早く参謀にならないと、これは駄目だ」

村田も憤慨した。

凱旋したとき、淵田は逗子の自宅には二、三日、帰っただけだった。

巻末の淵田善彌氏の「わが父、淵田美津雄」に詳細にあるが、机いっぱいに紙を広げて、

「天皇陛下に見せるんだよ」と絵を描いていた。それが、息子がいつも思い出す、真珠湾攻撃にまつわる父の姿だった。

（三）

そんな心配はどこ吹く風、見た目には日本軍は破竹の進撃を続けた。

南方攻略作戦も思惑どおりに運んだ。陸軍の寺内寿一《ひさいち》・南方軍総司令官はマレー侵攻作戦を敢行し、十二月十日には日本海軍の飛行機がイギリス東洋艦隊「プリンス・オブ・ウェールズ」と「レパルス」を撃沈し、二十五日にはイギリスの拠点、東洋における牙城、香港を占領した。

マレー半島に上陸した日本軍はシンガポール目指して進撃を続け、翌十七年一月にはジョホール水道に殺到し、シンガポール市に迫った。二月十五日にはイギリスの軍使が白旗を掲げて降伏し、シンガポールが陥落した。

日本国民は連日、万歳を叫び、勝利に酔いしれた。

南方に派遣された淵田は強い日差しを浴びながら、ラバウル、ポートダーウィンやジャワ島などの爆撃を続けていた。ろくな敵もおらず、退屈な日々であった。この間にも米太平洋艦隊はハワイで受けた傷を治し、いずれ牙をむいて、かかってくると思うと気が気でなかった。

南雲機動部隊は「赤城」「加賀」「翔鶴」「瑞鶴」の四空母でフィリピン、オランダ領インドネシア、ニューギニアなどの攻略に向かった。

淵田は九〇機を率いてラバウルを空襲したが、敵機はおらず、帰路、爆弾を投棄する始末だった。さらに北オーストラリアのポートダーウィンを攻撃したが、そこにも敵機はいなかった。もうハワイ攻撃から三ヵ月もたっている。米太平洋艦隊の増強が心配だった。

「オヤジさん、山本長官は何を考えてんですかね」

村田少佐が言った。

「分からんよ。まさかとは思うが、取り巻きがハワイの成功で有頂天になって、ものが見えなくなってきたんじゃねえか。俺は長官を信じているが、このままでは破滅の始まりだぞ」

淵田は憂色を深めた。連合艦隊の旗艦が「長門《ながと》」から「大和《やまと》」に変わり、山本長官がその豪華な、

「大和ホテル」

で悠々としていることも反感を呼んでいた。俺たちはいつ死ぬか分からんと村田が言ったが、それは不意にやってきた。

三月はじめ、淵田は一八〇機を率いて中部ジャワのチラチャップを空襲した。連合軍の物資の拠点基地だった。甲斐克彦著『真珠湾のサムライ淵田美津雄』（光人社）によると、この攻撃で淵田機が被弾し、村田少佐が必死で操縦したが、空母にも陸上基地にも帰投することは無理になった。

「隊長、駄目だ。あそこに下りる。ベルトをしっかり締めてください」

村田が叫び、爆撃機はボルネオの山中に胴体着陸してしまった。

爆撃機は山林をなぎ倒し、やっと止まったが、後部がバラバラになって散乱した。

淵田はすぐ飛び出し、後部に走ったが、若い電信員は座席ごと吹き飛び、死亡していた。

「とんだことになった。隊長、大丈夫ですか。これが精一杯でした」

村田も顔を強打し、黒くはれ上がっていたが、それ以外はどこにも怪我はなく元気だった。

「さすがだよ。お前でなければ、俺もあの世ゆきさ」

淵田は村田の操縦技術にいまさらながら舌を巻いた。それから三日間、二人はジャングルをさまよった。だが、結局、脱出することができず、気がついて見ると、同じ場所に戻っていた。

よく山の遭難で聞く話だった。幸い水と若干の食料があったので、なんとか生きることはできた。四日目に水の音を聞いた。滝の音だった。そこに分け入り、小川を見つけ、筏《いかだ》を組んで下流に向かった。鰐《わに》もいた。

夜は不気味だった。

こうして二人は河口に出ることに成功し、地元民の小さなジャンクで奇跡の生還をした。

二人とも楽天的なところがあり、拳銃もあったので、恐怖におののくというほどではなかった。

「本当に生きておったのか」

源田が飛んできた。

「バカ野郎。俺はこの通りピンピンしている」

と言うと、かたわらで南雲長官が、

「本当だなぁ」

と幽霊を見るような顔でしげしげ見つめたと、記述されている。

ともあれ五日間の放浪の末、空母に帰還するなど信じられぬことであった。

ただし、淵田自身はなぜかこの武勇伝を記述していない。『ミッドウェー』で、三月三日にチラチャップ港の空襲を行ない、攻撃後の惨憺たる情景を眺めながら引き揚げたと書いているだけである。

淵田はつくづく自分は現場の人間だと、いつも思っていた。人を率いて飛び上がるときの壮快感は、地上にいる者には分かるまい。目標の敵を見つけたとき、獲物を狙う鷹のように心が研ぎ澄まされ、その一瞬に爆弾を投下する。それは、ぞくぞくする興奮であった。やるか、やられるか。それは恐怖と裏返しの興奮でもあった。爆撃の都度、周囲に犠牲者が出た。被弾し、ガソリンを吹きながら海に落ちてゆくときの心境は、どのようなものか。人間はいつか死ぬとはいうものの、想像を絶する苦しみであるに違いなかった。

淵田はいつも死を考えていた。死を是認しない限り、搭乗員などやれる商売ではなかった。国のために死ぬ。兵士である以上、それは避けられないことであり、そのときは、いさぎよく死ぬしかなかった。ただし意味のない戦闘で無駄死にしたくないし、させたくもなかった。それは指揮官として当然の心構えだった。

若い搭乗員は淵田から話を聞きたがった。

「俺がお前らに言いたいのは、簡単にあきらめるなということだ。被弾したら敵に突っ込むのもいいが、生きることを考えろ。海に浮いていれば、助かるかもしれない。死んだら、もうおしまいだ。いいか、お前らには莫大な金がかかっているんだ。お前らの真の敵はアメリカだ。奴らと戦うまで命は大事にしろ。まだ元はとってねぇぞ」

淵田は必ずこのことを言った。日本国中に死ぬことを賛美する風潮があり、それに対する牽制でもあった。

この時期の淵田飛行隊の活躍といえば、四月五日、セイロン島コロンボ沖の空襲が挙げられる。敵艦発見の知らせに、江草隆繁少佐ひきいる降下爆撃機五三機が英重巡洋艦「ドーセットシャー」と「コーンウォール」をわずか二十分で撃沈した。五二発を投下、四六発を命中させる離れ業だった。

このとき、淵田は「赤城」の艦橋にいた。

「敵見ゆ」

「突撃せよ」

江草少佐の声が入ってきた。

「一航戦、一番艦やれ」

「二航戦、二番艦やれ」

「一番艦大傾斜」

「二番艦火災」

「一番艦沈没」

「二番艦沈没」

こうしたあっけない無電で、二隻の巡洋艦が海の藻屑と消えた。航空兵力の前にもはや艦艇は無力であった。

九日には英空母「ハーミス」をいとも簡単に沈没させた。

「これで大英帝国も終わりだ。しかし相手が弱すぎる」

淵田が言った。

「隊長の言うとおりですね」

村田もうなずいた。

弱い相手といくら戦ってみたところで、戦闘のレベルも上がらない。爆弾の無駄とはいわないが、当方の犠牲もけっこう多く、淵田は沈黙を守る米太平洋艦隊が気になった。

この間、肝を冷やしたのはセイロン島のツリンコマリを空襲したときだった。「赤城」に帰ってきてパンをかじっていると、突然、爆弾が降ってきた。イギリスの重爆撃機が六機編隊で襲来したのだった。

幸い爆弾は当たらず、六機とも零戦が撃墜したが、危ないところだった。

ともあれ、ルーズベルト大統領とチャーチル首相の怒りの日々は続いていた。

ドゥーリトルの東京空襲

(一)

昭和十七年(一九四二)四月十八日。インド洋作戦が終わって帰国する途中で、淵田は衝撃的な知らせを聞いた。

ちょうど台湾の南、バシー海峡にさしかかっていた時だった。

「隊長、源田参謀がお呼びです」

突然、搭乗員待機室にいた淵田のところに伝令が走ってきた。作戦室に行くと、

「とうとう来やがった。しかし遠いなぁ。東京の東七〇〇海里(約一三〇〇キロ)ではな」

と言った。東京が空襲されたというのだ。南雲長官、草鹿参謀長も緊張した表情で淵田を見つめた。

「どこまで近づけるかだなぁ。まあ準備しましょう」

淵田はすぐ搭乗員待機室に駆け戻った。

「ほう、奴らもやるもんですねぇ。それで飛ぶんですか」

村田少佐が言った。機動部隊は転舵して、敵空母がいると見られる海域に向かったが、遠すぎてどうなるものでもなかった。

日本海軍が南方で派手に暴れまくっていたおかげで、米軍は悠々と反攻作戦を練ることができたに違いなかった。

戦後、分かったことだが、これは大統領命令による特別作戦だった。

「まったく負けてばかりいるではないか、アメリカの士気を高めることをせい」

ルーズベルト大統領はいつも怒鳴っていた。それではと、この作戦が練られた。いかにもアメリカらしい話だった。

大統領の頭に入っていた日本軍のデータは、中国と四、五年戦っているにもかかわらず、さっぱり勝てない弱兵であり、軍艦は進水すればすぐ転覆するというものだった。すべて誤りは思い込みから起こる。その日本軍がハワイであれほど暴れまわったことは、ルーズベルト大統領の自尊心をひどく傷つけてしまった。しかも南方でも連戦連敗である。

その日本をギャフンと言わせなければならない。

大統領の至上命令であった。

何事も人である。真珠湾攻撃は源田と淵田が練ったが、このどえらい企画のリーダーとして白羽の矢が立ったのが、〝空のスタントマン〟のニックネームを持つアメリカ陸軍航空隊のドゥーリトルだった。

彼は有名な冒険家であった。

アメリカ大陸の初の横断飛行に成功し、南米の山岳を飛び越え、逆宙返りをして見せ、世界初の計器飛行にも成功していた。彼は単なる命知らずの冒険野郎ではなく、航空工学の専門家でもあった。マサチューセッツ工科大学（ＭＩＴ）で学び、一時、民間に転出したこともあったが、日米開戦でふたたび現役に戻っていた。

「飛ばしましょう」

四十六歳のドゥーリトル中佐は、二つ返事でＯＫした。

冒険家を東京空襲に起用するというのが、いかにもアメリカらしいやり方だった。

ドゥーリトルが考えたのは、新鋭空母「ホーネット」に陸軍の中距離爆撃機Ｂ25を搭載し、日本に五〇〇海里（約九二六キロ）まで接近、東京に焼夷弾の雨を降らせ、攻撃終了後すみやかに中国本土に向けて飛行を続け、着陸するというものだった。それに基づいて、壮大な計画が練られた。

これは、まさしく冒険だった。

この話を聞いて、アメリカ海軍は唖然《あぜん》とした。Ｂ25は港で積むとして、このような大型爆撃機が空母から発艦できるのかどうか危ぶまれた。早速、二機のＢ25が積み込まれ、実験が行なわれ、「ホーネット」が二五ノット（約四六キロ）で風上に走れば、可能というデータが得られた。

「陸軍さんもやるもんだね」

水兵たちも目を丸くした。かくて二つのグループを統合した第十六機動部隊が編成された。

一つはサンフランシスコを出港する空母「ホーネット」、重巡洋艦「ビンセンス」、軽巡洋艦「ナッシュビル」ほかの給油艦、駆逐艦のグループである。これだけでは、日本海軍に発見されれば全滅である。なにせ「ホーネット」の甲板はB25に占拠されており、戦闘機も爆撃機も発艦できないのだ。

そこで戦闘機や雷撃機、爆撃機を満載したハワイを基地とする空母「エンタープライズ」、重巡洋艦「ノーサンプトン」「ソルトレイクシティ」と給油艦、駆逐艦にも出動の命令が下った。この二つが四月十二日に太平洋上で合流し、日本に向かうことになった。

これはきわめて危険な賭けだった。身動きのとれない艦隊である。そこで、日本海軍に発見されたら、即座にB25を海上に投棄して戦闘に入ることにした。

なにせ大統領命令である。

指揮官のハルゼー提督は神に祈る心境だった。

第十六機動部隊は無線を封鎖し、真珠湾の仇討ちを果たすべく、荒海を突き進んだ。

南雲機動部隊が太平洋に作戦を展開していれば、これを発見することもあるいはできたかもしれない。

淵田はこれを聞いたとき、とっさに思ったのは、大変な獲物を逃がしたということだった。

「隊長、これはやっぱり空母でしょうな」

「そうだろうが、発艦できても帰れまい」

「ということは」

「真っすぐ日本を飛び越して、重慶あたりまで行ったんじゃねぇか」

「考えましたなぁ」

村田は感じ入った顔で淵田を見つめた。淵田が獲物を逃がしたと言ったのは、背後にある米軍の機動部隊だった。

空母「ホーネット」を発艦するドゥーリトル隊のB‐25

恐らく練りに練った計画であろう。この機動部隊を壊滅させれば、米国の威信はがた落ちになり、戦争が終わるかもしれなかった。
「お偉方が隊長の意見をいれてくれれば、こんなことはなかったのに。それもこれも、真珠湾を徹底的に叩かなかったからですよ」
「それを言っても仕方ねえが、まあ、山本さんの油断だな」
淵田がつぶやいた。油断というのは、東京空襲は絶対にない、と固定観念にとらわれていたことだった。ハワイ攻撃のとき、日本の飛行隊は母艦に帰ってきた。アメリカの場合、そうするためには、どう考えても三〇〇海里（約五五〇キロ）まで日本に接近しなければならなかった。そんなことはないと考えたのだ。

「アメ公もやるもんだね。隊長、どうですか」

村田は酒を持ち出して茶碗についだ。

やけ酒でも飲むしかない情けない話だった。

淵田は日本に帰るや、この空襲について話を聞きまわった。

聞けば聞くほど、してやられたという思いが強く、米海軍は確実に実力を向上させていた。

東京空襲と聞いていたが、横浜、横須賀、名古屋、神戸も爆撃されていた。

侵入したのは一六機で、全国で死者は五〇人とも三〇〇人ともいうことだった。新聞発表では九機撃墜となっていたが、実際はゼロであった。

淵田の予測どおり、B25は中国に飛んでおり、そのうちの大半は燃料切れで墜落していた。日本と違って搭乗員は全員、落下傘で降下していて、そのうちの八人が日本軍の捕虜になっていた。

「空母が二隻も来ていたのに、取り逃がしたとは、阿呆としか言いようがない」

村田が毒づいた。

「これで東京のお偉方が役立たずということが、はっきりしたな」

淵田も歯に衣《きぬ》きせずに言った。

一度、死線を乗り越えると先がよく見えてくる。

この日、日本の陸海軍はあわてふためいて、暗号電報を打ちまくったという。解読されはしなかったかと、淵田はひやひやした。

それにもまして手薄の感が免れなかったのは、日本海軍の警備だった。日本海軍はこの海域に漁船を改造した「第二十三日東丸」や「長渡丸《ながと》」を浮かべていた。

「敵航空母艦三隻見ゆ」

「敵空母二隻、巡洋艦二隻見ゆ。われ攻撃を受く」

両船はこのような電報を打ったあと、消息を絶った。二隻とも艦載機に爆撃され、沈められた。日本を離れること七〇〇海里（約一三〇〇キロ）の洋上に哨戒線を張っていたのは大したものだが、漁船では攻撃できない。なんとも情けない話であったが、それが日本の現実だった。

陸海軍から攻撃機が出動したが、捕捉できず、本土上空への侵入を許してしまった。レーダーがないため、如何ともしがたかったのだ。

これは日本海軍にとって衝撃だった。同時に本土防衛の任のある陸軍にとっても恥ずべきことであった。

アメリカにとっては万々歳の結果だったが、ハワイにいる米太平洋艦隊司令長官ニミッツ提督は、機動部隊が帰るまで気が気ではなかった。虎の子の二隻の空母を、はるか日本の近海に出したのだ。この隙に日本の機動部隊が攻めてきたら、ハワイは占領されてしまうだろう。無事の帰還を一日千秋の思いで待っていた。

そのことを淵田は知るよしもなかったが、とにかく日本海軍の大失敗だった。

(二)

ドゥーリトル飛行隊は、日本の監視船に発見されたため急遽、日本本土から六五〇海里(約一二〇〇キロ)の地点から発進せざるを得なかった。燃料の具合から見ると、中国本土にたどり着けるギリギリの距離だった。燃料が切れたときは落下傘降下するしかない。

まさしく冒険飛行以外の何物でもなかった。

出撃に先立ちドゥーリトルは、日本本土で撃墜されるか、不時着した場合、どうするかは各自の判断に任せると述べた。飛行機は一機一機が独立した存在であり、機長がその状況に応じて判断すべきだとした。

一番機はドゥーリトルだった。全員、陸上で訓練しただけで、空母からの発進は初めてだった。皆、手に汗を握って見守るなか、四月十八日午前八時二十分、一番機は飛行甲板いっぱいを使ってフワリと浮き上がり、艦隊の上空を一周して日本に向かった。

それから最後の飛行機が発艦するまで約一時間かかった。全機が発艦すると、ハルゼーの機動部隊は一目散に離脱を図った。

日本がハワイを攻撃したときは、攻撃機を収容しなければならず、神経を使うことおびただしかった。だが、この場合は逃げるだけなので、皆、ホッとした表情で速力を上げるのだった。

日本各地の被害はさほどではなく、東京は死者五十余名、負傷者四〇〇名以上、家屋二〇〇戸が全半焼だった。だが、むざむざ空襲を許したことの衝撃は、計り知れぬほど大きかった。

「やられた」

というのが本音だった。

真珠湾攻撃のとき、ハワイの米軍は日本の潜水艦や潜航艇を事前に発見しながらも奇襲を許した。それと全く同じ結果になった。油断、慢心、先入観がいかに怖いかである。

「第二十三日東丸」や「長渡丸」から緊急電報を受けた軍令部は、位置が艦載機の行動半径である五〇〇キロ外なので、爆撃機を飛ばすのは翌日朝と判断した。米軍がB25を使い、中国に着陸させるなど夢想だにしなかった。だから海軍航空隊に対しても待機命令が出された。

航空隊は午前六時三十五分に四機の索敵機が千葉県木更津《きさらづ》から発進、十一時半に青森県三沢からも発進した。さらに艦船攻撃の陸上攻撃機も出撃した。木更津の一機が九時半ごろ木更津から一一〇〇キロの地点で、国籍不明の中型機を見つけ追跡したが、取り逃がした。

「双発の飛行艇らしきもの」

というのが、唯一の情報だった。

東京に爆弾が投下されたのは正午過ぎで、あわてて戦闘機と偵察機が四〇機ほど発進した。このなかで二、三機が東京湾上空や伊豆半島沖でB25を見つけ銃撃を加えたが、相手を落とすことはできなかった。

各地の高射砲隊が盛んに対空砲火を繰り返し、

「敵機九機撃墜」

と発表したが、まったくのでたらめで、一機も落としてはいなかった。

ドゥーリトルの飛行隊はどうなったのか。

ドゥーリトルの一番機は、「ホーネット」発進以来、十三時間を飛び続け、無事、中国の上空に達し、全員、落下傘で降下に成功した。八番機はロシアのウラジオストック北の飛行場に着陸した。

犠牲者が出たのは三番機、六番機、七番機、九番機、十六番機などで、三番機は中国上空で燃料が切れ、全員、落下傘降下をしたが、一人が死亡した。六番機は海に不時着し、二人は溺死し、三人が日本軍に捕えられた。七番機、九番機の搭乗員も中国上空で降下したが、何人かが重傷を負った。十六番機の搭乗員は五人全員、日本軍の捕虜になった。

うち三名が銃殺刑になった。

この空襲は敵の思う壺だった。

日本海軍は面子《めんつ》をつぶされた。東京空襲はないと公言していただけに、ひどく狼狽した。

山本五十六は感想を聞かれると、

「国民は勝った、勝ったと浮かれているので、ちょうど、いい薬だ」

と気にせぬ様子を見せたが、内心はもちろん違っていた。

宮城が爆撃されずにすんだが、もし皇居に爆弾が落ちればどうなる。国民は蜂の巣をつついたような騒ぎになり、軍部に対する不信感も増したであろう。軍の上層部の心理的打撃は大きかった。

連合艦隊参謀長・宇垣纒《まとめ》は日記『戦藻録』に、おおむね次のように記していた。

四月十八日（昭和十七年）土曜日　半晴れ

朝食終了時（七時五十分）軍令部よりの電話は第五艦隊の哨戒艇第二十三日東丸、午前六時半、東京の東七二〇海里において敵空母三隻発見の報に接すと伝える。

俄然司令部は緊張せり。ただちに出動可能部隊を調査、次々と発令を出した。

午後一時、軍令部より東京空襲の報を受ける。敵機、千葉方面に不時着、横浜、川崎、横須賀空襲されるなど各種情報が入るが、真偽、疑わしきもの多く、敵の企図判断に苦しむ。

これら飛行機は母艦に帰投したのか、沿海州や支那に行ったものか、あるいは足摺《あしずり》岬南方のソ連船に収容されたのか、不明の点が多い。ともかく再三再四、長蛇を逸したのは残念である。東京空襲は断じてさせないという余の矜持《きょうじ》をいたく害されたのは事実であり、無念至極である。本日は敵に名をなさしめてしまった。

日本海軍がドゥーリトル飛行隊の全容をつかんだのは、三日後の二十一日だった。中国で捕えた捕虜の自白から分かったもので、宇垣は「義勇航空隊なること判明せり」と書き、「帝国海軍の恥辱だ」と憤慨した。

そして連合艦隊幕僚の「労苦の面影が濃い」と書き連ねた。

その日、宇垣は米軍の意図が分からないと日記に記述している。

やがて日本を震撼《しんかん》させんとする狙いだったことを知り、愕然《がくぜん》とする。

この頃、ルーズベルト大統領は初めて笑みを浮かべ、

「これが始まりだ」

とつぶやいた。

決戦ミッドウェー

㈠

米機動部隊がハワイから日本近海に出てくれば、東京空襲は日常茶飯事になってしまう。山本長官は南方作戦に全兵力を注ぎ込んだことを後悔した。そこで急遽、進めることになったのが、ミッドウェー作戦だった。

南方作戦がいくら成功しても、米機動部隊が太平洋ににらみを利かせていては、日本の安全はなかった。東京が空襲されて初めて、真の敵はどこかが分かった。

もう一つ重要な問題が発生していた。

日本の戦争戦略はハワイを叩いて米太平洋艦隊を押さえ付け、その間に南方に破竹の進撃を行ない、インドネシアの石油、ゴム、ボーキサイト、ニッケル、鉛、マレーの錫《すず》、鉄鉱石、フィリピンの銅、麻、ビルマやタイの米を日本に運び、日本経済を活性化させ、長期戦に臨むというものだった。

なかでも重要なのは石油である。インドネシアのパレンバン石油基地を確保できたことは、なんといっても大きかった。ここを経営していたのは、オランダのロイヤル・ダッチ社系のロイヤル・ダッチ・シェル社とアメリカのスタンダード・オイル社である。

製油所のいくつかは連合軍に爆破されたが、陸軍の落下傘部隊が急襲して、かなりの部分を無傷で押さえ、年間、日本で消費する石油はここから調達できる見通しが立った。

「これで連合艦隊も燃料の心配をせずにすむ」

淵田も喜んだものだった。ところが日本は輸送でつまずいた。

石油を運ぶタンカーがアメリカの潜水艦に狙われ、日本に着かないのだ。

「どうも話のほかだな」

淵田は憮然とした。タンカーが沈められては、日本はたちまち資源の枯渇を来し、すべての経済活動は破綻、ジリ貧になることは明白だった。日本には生命線を守る護衛艦隊がなかったのだ。日本のお偉いさんは、シーレーンの防衛を何も考えてはいなかったことが露呈したのだ。

日本海軍はアメリカ艦隊撃滅に凝り固まり、艦艇も飛行機も兵員もほとんど全部、連合艦隊に注ぎ込んできた。その結果、タンカーや輸送船を護衛する艦隊など、どこにもなかった。

アメリカの潜水艦にとって、日本の輸送船団は鴨《かも》としか言いようがなかった。

「源田、お前はこのことを知らなかったのか」

淵田は輸送船防衛について源田に聞いた。

「俺は飛行機乗りだからなあ。軍人も経済を知らなきゃ駄目だな。これでは負ける」

源田も頭をかかえた。我々はなんのために戦ってきたのかと、淵田は怒った。

昭和十七年（一九四二）、南方の制海権はまだ日本が握っていたが、この五月の時点で九万七〇〇〇トンのタンカーや輸送船がアメリカによって沈められた。それもこれも海軍が太平洋を軽視して南方に目を奪われていた、その隙を衝かれたのだ。

淵田は暴れまくりたい心境だった。

連合艦隊はあわてて米太平洋艦隊との決戦を急いだ。それがミッドウェー作戦というわけだった。

ミッドウェーとは、どこにあるのか。なぜそこが重要なのか。淵田は海図を広げて見た。

ミッドウェーは北太平洋の中心部にある孤島だった。

ハワイの西北西約一〇〇〇海里（約一八五〇キロ）、東京の東南東約二〇〇〇海里（約三七〇〇キロ）の距離にあった。その島は直径約六海里（約一一キロ）という円形の環礁で、内側にサンド島とイースタン島があり、地表は熱帯植物に覆われていた。

米軍はここに二つの航空基地を持っており、太平洋方面の哨戒をもっぱら行なっていた。

日本としては、ここを占領して航空基地をつくり、米軍の侵攻を阻止しようというのだ。

あわせて米太平洋艦隊をおびき寄せ、空母同士の洋上決戦を行ない、一気に雌雄を決せんという山本長官の構想であった。同時にアリューシャン作戦も発動された。攻撃部隊は青森県の大湊港を出港し、ダッチハーバーを空襲して、キスカ島とアッツ島を占領し、ミッドウエー攻撃の陽動作戦を行なうと共に、北の守りを固めるというものだった。

昭和十七年五月二十七日。

瀬戸内海は降り注ぐ陽光を受けて、キラキラと輝いていた。

この数日間、曇っていたが、今日はまことにさわやかな好天であった。

淵田は飛行機の発着艦指揮所の折り畳み椅子を外に持ち出して、そこにでんと座り、辺りの風景に見入っていた。

南雲機動部隊は単縦陣の隊形で、クダコ水道を通過していた。

旗艦「赤城」の前には戦艦「霧島」がいて、その前には軽巡洋艦「長良」を先頭に第十戦隊の駆逐艦一二隻がずらりと並んでいた。

後方には空母「加賀」「飛龍」「蒼龍」が続いていた。

総勢二一隻、堂々たる出撃だった。

淵田は慣れ親しんだ瀬戸内海の風景を心ゆくまで楽しんでいた。

「なんと賑やかなことか」

淵田は信号マストに翩翻《へんぽん》とひるがえる中将旗を見上げた。ここに南雲長官がいるという印である。淵田は自分には縁のない旗だと思っていたので、どうでもよかったものの、鰹船《かつおぶね》じゃあるまいし、こうやたらと旗を立てるのはどういうものかという思いが幾分あった。

狭い水道を通過すると、見張りの業務も解除になり、兵員は甲板で体操をしたり、景色を眺めたり、さまざまなポーズでリラックスしていた。

「おい、貴様、体調が悪いそうじゃないか、大丈夫か」

艦橋から源田が降りてきた。

「ときどき腹が痛む」

「それは困ったな、軍医長はなんと言ってるんだ」

「まだ診てもらってないんだ」

「早く診てもらえよ」

「そうだな」

ということで、珍しく体調の話になった。

結局、淵田は盲腸炎と診断され、さっそく開腹手術ということになってしまった。

これは誤算だと思ったが、如何ともしがたい。なんとか薬で散らせてくれと頼んだが、駄目だった。

淵田が病室で横たわっている間に機動部隊はどんどん進み、一路、ミッドウェーに向かっていた。淵田が病気で倒れたことは、搭乗員にとってショックであった。

「どうですか、オヤジさん？」

イの一番に入ってきたのは、やはり雷撃隊の村田少佐だった。入れ替わり立ち代わり、搭乗員がやってきた。

「弱ったなあ。みんな憂鬱ですよ」

降下爆撃隊の千早猛彦大尉も顔を出した。

「総隊長、いよいよアメリカ空母と見参《けんざん》だというのに、残念ですねぇ」

慰めてくれる搭乗員もいた。

話題がどうしても敵空母のことになる。「エンタープライズ」「ホーネット」「ヨークタウン」あたりが出てきそうであった。若い搭乗員は血気盛んで、

「来なければハワイまで行きましょうよ」

と威勢のいい話ばかりで、病室は笑いの渦に包まれた。これは単なる思い上がりではなかった。いままでの戦いで得た自信であり、確信であった。

(二)

六月三日、南雲機動部隊は濃霧の中を走っていた。

わずか六〇〇メートルしか離れていない隣の艦を見失うほどである。各艦は探照灯を点じ、その所在を表示したが、わずかにおぼろ月のようにボンヤリ見えるだけだった。

もう敵潜水艦の配備海域である。敵はレーダーを持っているので、曇りだろうが、霧だろうが、こちらの所在はつかんでしまう。

「赤城」艦橋の南雲長官、草鹿参謀長、青木艦長ら、どの顔も憂色が濃い。

あと二日でミッドウェーである。コースを変更する地点にさしかかっていた。晴れていれば手旗信号で行なうのだが、これではどうにもならない。

「ううん」

南雲長官はうなった。

機動部隊は二つの命令を受けていたので、こういうとき困るのだった。二つの命令とはハワイの米空母群との決戦とミッドウェー島の攻撃占領である。しかも攻撃の日は六日と決まっている。このまま真っ直ぐ走ってしまうと、ミッドウェー島から離れてしまう。

変針の電波を出すと敵に所在を知られてしまう。かといって、各艦艇に知らせる方法はない。この場合、敵機動部隊がハワイを出ているか、どうかが問題だった。敵機動部隊にこちらの電波をキャッチされると、たちまち待ち伏せ攻撃に遭ってしまう。

通信参謀が敵機動部隊の電波はいっさい飛び交っていないというので、草鹿参謀長が、

「長官、ここは微力の電波を出してはいかがでしょうか」

と進言した。「いや」とは言わない南雲長官である。

「よし、いいだろう」

とうなずいたので、無線封鎖を破って微力の電波を出した。これを聞いた淵田は「大丈夫かなぁ」と率直に思ったが、なにせベッドに横たわる身である。じっとしているしかなかった。

六月五日午前零時、飛行甲板から飛行機の試運転の爆音が響いてきた。

「ああ。俺も行きたい」

淵田はどうにもならなくなって、ベッドからそっと起き上がった。気分はいいが足がフラ

フラだ。「どっこいしょ」と気合いを入れて立ち上がり、顔を洗い、髪をとかし、勇をふるって狭いラッタルを上がって、左舷艦橋のそばにある指揮官室にころがり込んだ。

空は真っ暗だが、海上はおだやかで、飛行にはなんの問題もなさそうだった。

「隊長、無理しなさんなよ」

村田少佐が言った。

「なあに大丈夫だよ。索敵機は出たのかい」

「島への第一次攻撃隊と一緒に出ます」

「それで敵空母発見のときは、どう対応するんだ」

「我々が待機していますから大丈夫ですよ。江草少佐の降下爆撃隊、板谷少佐の制空隊が控えていますから」

村田少佐は笑顔で言った。このメンバーは恐らく世界最強だろう。

「そうか」

淵田はうなずいた。これで敵空母を血祭りにあげられるなと淵田は思った。

やがて午前一時半、第一次攻撃隊が発艦した。同時に「赤城」と「加賀」から敵空母を探索する索敵機が発進した。ところが「利根」と「筑摩」から発進するはずの索敵機が出ない。エンジンの不調なのか、カタパルトの故障なのか、淵田は非常に気になった。

この索敵機は三十分遅れて発進するが、この遅れが実は大問題になってくる。この索敵機が飛んだ方向に米機動部隊がいたのである。

なんという不運であろうか。南雲機動部隊の幕僚たちは、敵機動部隊なしと勝手に思い込んでいたので、索敵の遅れなどさほど気にしていなかった。

第一次攻撃隊の総指揮官は、「飛龍」飛行隊長の友永丈市大尉で、水平爆撃隊三六機、降下爆撃隊三六機、制空隊三六機を率いた。

やがて甲板に第二次攻撃隊が上がってきた。

敵機動部隊に備えた対艦船攻撃隊である。艦上攻撃機はすべて雷撃隊として魚雷を搭載した。空母攻撃のために鍛えた降下爆撃隊の指揮官は江草隆繁少佐、雷撃隊は村田重治少佐が率いる。

敵空母さえ見つかれば、もうこっちのものだった。

淵田は笑みを浮かべて彼らを見つめた。

午前二時二十分、突然、対空戦闘のラッパが鳴った。

ただちに零戦が発艦した。

「なんだ、なんだ」

空を見上げると敵のPBY飛行艇だった。こちらが敵に発見されたことになる。

この頃、第一次攻撃隊は現われた敵の戦闘機をことごとく撃ち落とし、目的地の上空に達して、爆撃を敢行し、ミッドウェーの航空基地を叩いた。だが、まだ使用不能のところまではいかなかった。おまけに陸上攻撃機はいち早く姿を消し、飛行場にはいなかった。

「第二次攻撃の要あり」

というのが、友永大尉の判断だった。

そのころ南雲機動部隊は敵の飛行艇に囲まれていた。その数は一五機も確認された。

零戦が追いかけるが一向に撃ち落とせない。依然、索敵機からはなんの連絡もない。やはり敵機動部隊はいないのかという判断に傾きつつあった。

そこへ友永大尉の第二次攻撃の要請である。

飛行甲板がだんだん騒がしくなってきた。

「どうしたんだ」

「いや、飛行機は皆、陸上攻撃に向かうそうです。空母がいなければ仕方がないですね」

村田少佐が言った。

「なんだって、魚雷をどうするんだ」

「陸用爆弾に積み替えるのだそうです」

「そんなことをやっているうちに、敵の陸上機がくるぞ」

淵田は叫んだ。

「こんなときに盲腸なんかになって、まったくめ！」

淵田は自分に腹を立てた。

午前四時四十分――。

ふたたび対空戦闘のラッパが鳴った。敵の雷撃機のようだ。味方の戦闘機が次々に襲いかかり、三機を撃墜した。今度はB26六機の襲来だ。戦艦や巡洋艦も発砲を始めた。久しぶりの戦闘である。砲弾の間をぬって海面スレスレに敵機が突っ込んできた。どうやら敵の目標は「赤城」だな、と淵田は感じた。

先頭の三機は対空砲火の中をまっしぐらに突っ込んできた。「赤城」も火がついたように撃つが、さっぱり当たらない。

そのときだった。零戦三機が砲火の中に飛び込んで三機にくらい付き、これを叩き落とした。しかし後続の三機はそのまま接近して魚雷を放った。

「来た、来た、来た！」

真っ白い魚雷の航跡が「赤城」に迫ってくる。「赤城」は鮮やかに回避して、魚雷は一発も命中しなかった。

飛行機に乗っていた方が、どれほど気楽か知れない。淵田は額の汗をぬぐった。

しかし索敵機はどうしたのだろう。淵田はそのことが気になった。

今度は「飛龍」に向かった敵一六機の編隊があった。

編隊といってもヨタヨタしている。案の定、零戦につかまり、あれよあれよという間に火達磨《だるま》になって海に落ちた。しかし何機かはスキップ・ボンビングでもするような下手くそな爆撃をかけてきた。幸い「飛龍」に命中した爆弾はなく、やれやれであった。

そこへ第一攻撃隊が帰ってきた。

これからが大変である。飛行機の収容中はガードが甘くなる。そこに爆弾でも落とされたらひとたまりもない。甲板の下には爆弾や魚雷がゴロゴロしている。飛行機はガソリンを積んでいるので、あっという間に火の海になる。

もっとも危ない時間だ。

淵田は手に汗を握って着艦の光景に見入った。

（三）

午前五時ごろ「赤城」に重大な情報が飛び込んで来た。

「敵らしきもの一〇隻見ゆ。ミッドウェーよりの方位、一〇度二四〇海里、針路一五〇度、速力二〇ノット」

艦橋は騒然となった。まさかという思いでお互いの顔を見つめた。そのうちに、それは空母ではなく巡洋艦だという電報が入り、南雲長官以下、ホッと胸をなで下ろした。そこへ午前五時三十分、ふたたび電報が入った。

「敵はその後方に空母らしきもの一隻ともなう」

艦橋は大騒ぎとなり、すぐ下の発着艦指揮所にも急報が入った。

「おお、出たな。これはすぐ飛ばないとまずいぞ」

村田少佐が言った。すでに魚雷ははずされ爆弾に積み替えられていたが、魚雷だろうが、爆弾だろうが、構ってはいられない。敵空母はこちらの位置も空母の陣容も知っているのだ。どちらが先に攻撃するか、まさに一秒を争う緊急事態だった。

淵田はすぐに状況を調べた。「飛龍」と「蒼龍」の艦上には、二五〇キロ爆弾を搭載した各一八機の降下爆撃機が待機していることが分かった。

「あれを発艦させるべきだ」

淵田は夢中で叫んだ。この二隻の空母を統括する山口司令官もまったく同じことを考えたようで、

「ただちに攻撃隊発進の要ありと認む」

と信号を送ってきた。

「さすがは山口司令官だね。こうなったら発進ですよ。向こうも出ていると考えなければならぬ。江草少佐はもう飛び出すつもりでいるだろう」

淵田が言うと、飛行長は「そうだと思う」とうなずいた。

淵田に言わせれば、航空戦では奇襲、先制パンチこそが、もっとも有効な攻撃方法であった。その点で南雲長官や草鹿参謀長の作戦は不満だった。

軍艦で育った指揮官は双眼鏡を胸にかけて相手の軍艦を探し、それから砲撃して戦うやり方だった。飛行機は三〇〇キロ、四〇〇キロ、いやもっと遠くから飛んできて、気がついたときは頭上にいるのだ。まして今日のように雲の多い日は、発見が難しい。空母は飛行機の攻撃に極端に弱いのだ。敵空母発見となれば、やることは決まっている。なんであれ、すぐ飛ばすことだ。

艦橋には源田がいる。なぜ飛ばさないんだ。淵田はイライラした。

この頃、艦橋に源田の深刻な顔があった。

源田は淵田と同じように、すぐ発艦させるべきだと考えた。しかし降下爆撃隊を掩護する制空隊がまだ帰還していない。直掩の戦闘機のいない爆撃機は、敵戦闘機にたちまち撃ち落とされてしまうだろう。

それが分かっているだけに躊躇《ちゅうちょ》した。戦場において躊躇すれば結果は悪いということも頭をよぎった。だが、煮え切らない南雲長官や草鹿参謀長を見ると、決断が鈍った。

南雲長官はハワイのときもそうだったが、今度もまったく気が進まないようだった。

自分は航空の専門家ではない。よく分からないという負い目があった。それだけに南雲はいっそう謙虚になった。謙虚というよりは臆病といったほうがいいかも知れない。搭乗員も乗組員も疲労困憊《こんぱい》しており、休暇も与えずに、すぐ今回の作戦に向けて酷使することが心配だった。しかし反対すれば、山本長官に腰抜けと思われる。行くしかないという心境だった。

このような大海戦のトップとしては、どうかという人事だった。が、真珠湾攻撃の功労者であり、やはり南雲長官を除くことはできないと山本長官は判断したのだろう。

その意味では、山本長官も急進的な改革者ではなかった。人の和を考える常識的な部分を強く持っていた。

山本と南雲はお互いに遠慮し、はっきりものを言わない、そんな関係だった。

南雲は基本的に山本長官が苦手だった。

自分には冒険は向いていないと思っていた。若いころは水雷の専門家として暴れ回ったが、年とともに安定を求めるようになった。できるだけ有能な指揮官を集め、彼らの意見を聞き、作戦を進めるようにしていた。

これは最高指揮官の一つのタイプではあったが、部下にも限界はあり、最後の決断は自分で下さねばならなかった。肝心のその部分が欠如していた。源田は安全牌《ぱい》をいつも望む南雲長官の心のうちを読んでしまった。

「雷撃装備に替えましょう」

源田が言った。源田の言うことは無条件に通った。そばに淵田がいれば、

「馬鹿を言うな」

と言ったはずであった。

「やあ、もう一度、雷撃装備へやり直しだ。ありゃりゃ、これではまるで急速雷装転換の競技みたいだな」

増田正吾飛行長が信じられぬといった顔で言った。

面白いことを言うと淵田は思った。そして自分はただの飛行機乗りにすぎなかったのだという挫折感、無力感にうちひしがれた。ここは艦橋に駆け上がり、

「なにをもたついてんのや」

と、どやしつけたかったが、自分はその立場ではなく、誰かが呼びにくるわけでもなく、自分は必要とされてはいなかった。こんちくしょうという思いだった。

爆撃機は飛行甲板から格納庫に移され、続いて「第一次攻撃隊収容用意」の号令が出た。順序が逆なのだ。爆撃隊を発進させて、それから第一次攻撃隊を収容すべきなのだ。

「なんちゅうことだ」

淵田はいても立ってもいられなかった。

艦内は大騒ぎだった。

飛行甲板から飛行機を格納庫に下ろし、爆弾を魚雷に積み替える作業がいかに大変で危険なものか。爆弾は弾薬庫に厳重に保管されるのだが、そんな暇はない。機体からはずして、その辺りにゴロゴロところがしておき、魚雷をセットするのだ。

こうしたときに攻撃されたらどうなるか。淵田は飛行機乗りの勘として、怖くて見ていられなかったが、兵士たちは平気な顔で作業に取り組んでいた。飛行甲板には制空隊や爆撃隊が次々と着艦し、零戦には燃料が補給された。

火事場のような騒ぎであった。

淵田は何度も時計を見た。

午前六時十五分――。

敵空母発見から一時間が過ぎていた。

そのときの敵空母との距離から計算すると、敵艦載機がボツボツ現われる時間であった。

こちらは完全に出遅れていた。絶体絶命の危機といってよかった。上空警戒の零戦がいかに早く敵機を見つけ、叩き落とすか。いまや南雲機動部隊に残された手はいかに守るかしかない。

「こんなことをしていては駄目じゃないか、防禦ばかりだ」

飄々《ひょうひょう》とした増田飛行長の顔も深刻になってきた。

「総隊長、艦橋に行って怒鳴ってくださいよ」

と飛行長が言ったときだった。

「敵機来襲！」

雷撃機の編隊が突っ込んできた。見張りよりも先に上空の零戦隊がいち早く見つけ、はるか上空で空中戦が始まっていた。ピカピカと飛行機の翼が雲間に光って見えた。

南雲機動部隊は爆撃機の単独出撃をさせなかったが、敵は戦闘機の護衛もなしに雷撃機だけで向かってきたのだった。零戦隊は第一波の雷撃機一五機を撃墜し、鉄壁の守りを見せ、横合いから来た第二波の雷撃機も半数をたちまち撃墜した。何機かは果敢に「飛龍」めがけて魚雷を投下したが、「飛龍」は見事に魚雷を回避し、敵艦載機の第一次攻撃をしのいだ。すぐ第二次、第三次攻撃が始まるだろう。

「これはまずい」

淵田は顔を覆った。

南雲機動部隊はもはや完全に守勢に立たされたのだ。一刻も早く飛行機を発艦させるしか残された手はなかった。刻一刻、危機が迫っていた。

空母「赤城」が沈む

(一)

上空直掩の零戦は獅子奮迅《ふんじん》の戦いをしていた。

機銃弾を撃ちつくすと母艦に着艦し、弾薬を補充するとまた飛び上がっていった。

空母というのは、飛行機の滑走路であり、格納庫であり、修理工場であり、補給庫であった。だから空母を中心とする機動部隊の長官や参謀長は、本来、航空の出身者でなければならなかった。そうすれば、飛行機のことを熟知し、それに応じた作戦がとれるはずだったが、搭乗員出身が少なく、いわば過渡期でもあった。

ようやく雷装への転換が終わったようで、雷撃機が飛行甲板に上がってきた。

淵田は村田少佐の飛行機を探した。隊長機はマークをつけているので、すぐに分かった。どんなにイライラしていたことか。淵田は村田少佐の心中を察した。

時計はもう午前七時二十分を指していた。

とにかく早く出てくれ。淵田は祈った。

七時二十四分、「発艦はじめ」の号令が伝声管で攻撃隊に伝えられた。最初は戦闘機である。爆音を発して攻撃隊の一番機は発艦した。制空隊に続いて雷撃隊の発艦が始まる。なんとか挽回できるか。淵田は村田少佐の飛行機を目で追った。そのときである。

「急降下！」

と見張り員が絶叫した。凄い爆音がして敵の急降下爆撃機三機が、「赤城」の艦上に迫っていた。真っ黒い機体のダグラスＳＢＤドーントレス爆撃機だ。星のマークがはっきり見えた。「赤城」の対空砲火が吠えたが、もう遅かった。黒い爆弾がふわりと機体を離れた。

「当たるッ」

淵田はとっさに発着艦指揮所の弾丸よけの陰に身を伏せた。

「ガン、ガンッ」

爆弾が二発、甲板に当たった。それほどひどい爆発音ではなかった。三発目は海に落ちてどーんと水柱が上がった。淵田は甲板に目をやった。中央エレベーターが破損し、その辺りに穴があき、甲板の飛行機がひっくり返って火炎をあげて燃えていた。

すると、その穴からもうもうと黒煙が吹き上がった。淵田は艦橋の下の搭乗員待機室にころがり込んだ。

「上部格納庫は火の海です」

誰かが叫んだ。これは誘爆するぞ。淵田は覚悟を決めた。後部甲板の飛行機に火は燃え移っていた。青白い光がピカッと光ったかと思うと、「ドーン」と爆発音がして飛行機が空高く吹き飛んだ。搭乗員は逃げたのだろうか。

ハワイ攻撃以来、歴戦の勇士がこんな無様なことで死ぬのを見るのは耐え切れなかった。これは明らかに人災だった。南雲長官や草鹿参謀長ら上級指揮官たちの重大な判断ミスである。こんなもたつきの結果、取り返しのつかない事態を招き、どうしてくれるんだ。

「ばか者めがッ」

淵田は怒鳴りまくった。

さしもの淵田も狼狽していた。なんとか火を消さなければならないと焦った。

ふと「加賀」に目をやった。「加賀」からも黒煙が上がっている。

「なに？」

今度は「蒼龍」に目をやった。こちらも三ヵ所から黒煙が上がっている。

幸い「飛龍」は無事のようだ。しかし戦わずしてこのざまは何だ。命を落としたであろう搭乗員に一体、どうやって詫びるのだ。格納庫で黒焦げになって死んだであろう整備員の命を、どうやって償うのだ。

「アホどもめが！」

淵田は毒づいた。怒りがこみあげて全身がワナワナと震えた。

格納庫の爆発が始まった。ありとあらゆるものが、そこいらじゅうに落下した。もはや救いようがない大爆発である。沈没は時間の問題だった。あれほど活躍した零戦はこのとき、何らなすところがなく、一機の敵機も落とせなかった。雷撃機を警戒して低空にいたため、雲の上から真っ逆さまに落ちてきた急降下爆撃機をまったく阻止できなかった。

米飛行隊の勝利だった。雷撃隊は撃墜され犠牲を払ったが、その間隙をついて急降下爆撃機が南雲機動部隊を壊滅状態に追い込んだのだった。

南雲機動部隊の後手後手のミスに付け込んで、大金星をあげたのだ。

「無念だ。日本海軍はどうなるんだ。君はいまのうちに錨甲板に移った方がいい」

増田飛行長が言った。飛行長の目は真っ赤だった。大火傷《やけど》を負った整備員がうめきながら甲板に上がってくる。救護する人もいない。淵田の周辺も火勢が強くなってきた。

淵田は窓に手をかけ外に出た。発着艦指揮所は飛行甲板の上にあるので、まず機銃甲板に降りて、そこからロープを伝わって下へ行くしかない。飛行隊の立て直しもある。ここで死んでたまるか。淵田は機銃甲板まで降り、そこから下を見た。

梯子《はしご》は真っ赤に焼けて使えない。ざっと三メートルはある。飛び下りるしかない。なにせ病み上がりである。が、そんなことは言っておられない。思い切って飛び下りた。その瞬間、甲板の下から爆発音が響き、淵田ははるか前方に叩き付けられた。

ガクッと足首ににぶい音がした。立とうにも立てない。足首をくじいたのだ。いや骨折かもしれない。ひどい痛さだ。

「隊長、しっかりしてくださいッ」

整備兵が走ってきた。整備兵は淵田を肩にかついで、飛行甲板の先端にある梯子から錨甲板に下ろしてくれた。そこには搭乗員や整備兵が大勢いた。

「隊長、ご無事ですか。隊長、悔しいです」

若い搭乗員が泣いていた。

「こんな戦争ってありますか。私の小隊はみな死にました。甲板の上でですよ」

彼らは号泣した。

下には軽巡洋艦「長良」のカッターが来ていた。

淵田は救援隊の手でカッターに下ろされ、多くの負傷者と一緒に「長良」に運ばれた。

「ちくしょう、ちくしょう」

淵田はボロボロ涙を流した。

(二)

「赤城」には映画報道班員の牧島貞一が乗っていた。

牧島はにぎり飯を頬ばって飛行甲板に駆け上がったとき、まだ真っ暗で空には星がまたたいていた。最初の戦闘機が発艦すると、次第に空が明るくなってきた。続いて、

「チャン、チャン、チャン」

とベルの音を立てながら、エレベーターに乗った制空隊の戦闘機が、次々と甲板に上がってきた。整備兵が、「ワッショ、ワッショ」と掛け声をかけながら戦闘機を甲板の後部に押

して行った。これは上空警戒の戦闘機である。これも発艦すると、少し暇になった。それから士官室のソファで休み、戦闘が始まると、一目散に甲板に戻って飛行機隊の活躍に見入った。

敵空母発見の知らせが入ったときは、牧島も愕然とした。古強者《ふるつわもの》の村田少佐の顔に、容易ならざることになったという緊張感があった。爆弾を魚雷に替えるというので格納庫に行って見た。狭い格納庫で整備員は汗だくになって奮闘していた。

「作業、急げッ」

上からは命令がくるが、こんな危険物をそう急いで扱うことはできない。古参の整備兵は、

「命令がコロコロ変わっては駄目だ」

といらだっていた。敵空母発見から二時間ほどたった時だった。

「ドカーン」

いきなり「赤城」のそばに爆弾が炸裂した。「赤城」の前方を走っていた「加賀」が急に左旋回を始めると、パッパッと赤い閃光を発して対空砲火を撃ち始めた。すると艦橋のあたりにパッと黄色い煙が上がり、すぐ真っ黒い煙が立ちのぼった。

「加賀がやられた！」

悲鳴が起こった。牧島は何気なく時計を見た。午前七時二十五分だった。それから五分もたたないうちに対空戦闘のラッパが鳴り、真っ黒い急降下爆撃機が「赤城」に向かって真っ逆さまに降りて来た。

「加賀」は最初に魚雷でやられ、雷撃機を監視しているうちに、今度は急降下爆撃機が上からくるという奇襲戦法にやられたのだ。

牧島は甲板に首のない死体がころがっているのを目撃し、顔面蒼白になった。

「格納庫の飛行機が全部、燃えだしたぞ」

「魚雷と爆弾が爆発をはじめたぞ」

逃げてくる整備兵の後を追うように、煙が迫ってきた。

「報道班員、君は死んではいかんぞ、逃げろッ」

そう言ったのは、淵田の場合と同じように増田飛行長だった。

どうにか艦首まで逃げると、そこは兵隊でいっぱいだった。そのなかに南雲長官の姿があった。カッターが近づきロープをおろすと、南雲長官が最初に降りていった。そのあとに参謀たちが続いた。草鹿参謀長、源田航空参謀らである。

「なんだい、日ごろ威張ってるくせに、逃げるときは一番先かッ!」

痛烈な罵声が飛んだ。これは普段、ありえぬことだった。飛行機を知っている者なら、現況はあきらかに作戦の誤りだと感じていた。心の中にある、言いようのない怒りが爆発したのだ。

一般の兵士がこのような発言をしたにもかかわらず、非難する者も叱る者も誰ひとりいなかった。皆の目は判断を大きく誤った無能な長官と参謀に対し、じっと注がれるのだった。

「報道班員を逃がしてやれ」

誰かが叫んだ。牧島は後ろの方にいたが、人をかき分けてロープのところに走っていった。牧島がカッターに乗り込むと、今度は淵田が抱えられて降りてきた。淵田は足の傷が痛むのか、そのまま横になって目をつむっていた。

牧島の観察どおり、淵田は足がズキズキ痛み、もはや歩けなかった。

淵田はじっと恥かしさに耐えていた。これほどの屈辱があろうか。

「ばか野郎ッ」

心の中で何度も怒鳴った。

誰に対してか。自分か、それとも南雲長官か、はたまた山本長官か。とにかく悔しかった。南雲長官も同じボートに乗っているようだった。長官はどんな気持ちで罵倒の声を聞いたか。淵田は目をつむって、苦しみと悲しみに耐えていた。

淵田はいつも積極戦法を唱えた山口司令官を思った。山口さんはどうなっているかという思いが胸をよぎった。

「赤城」は爆発が起こるたびに、真っ赤に焼けた鉄片を空中に舞い上げた。

南雲長官は白髪まじりの頭をあげて、燃える艦橋のあたりを見つめていたが、やがて静かに頭を垂れた。神に祈りを捧げたのか、死んでいく部下に、わが罪を詫びたのか。老提督の額には深い皺が重なっていた。

「悔しいなあ、悔しいなあ」

一人の兵士がオールを漕ぎながら泣きじゃくった。

軽巡洋艦「長良」はひどいボロ船だった。

淵田はすぐ担架で病室に運ばれ、南雲長官は艦橋に上がっていった。

甲板には一四インチの大砲が七門あった。

「この大砲はつっかえ棒をしても飛行機は撃てないんですよ。上を向かないんだから」

一人の兵士が牧島に言った。こんな巡洋艦もあるんだと牧島は驚いた。ただ二五ミリ機銃と七ミリ機銃はあった。高角砲はないので、防空能力はないに等しいものだった。

「敵さんはこんなボロ船にゃ目もくれませんぜ。みな上を飛び越して行っちまう。我々は朝から戦争見物ですわい」

もう一人の兵士がつけ加えた。

㈢

淵田の両足は骨折と診断された。重傷であった。

淵田は病室で悲しみに耐えていた。

これは明らかに作戦の失敗であり、淵田は言葉もなかった。ハワイ攻撃の成功で、日本海軍は有頂天になっていた。アメリカの将兵たちは、どれほどの屈辱を味わったことであろうか。しかし今度という今度は、アメリカ海軍の意地と勇気を、嫌というほど見せつけられる結果になった。

「これで負けたな」

淵田は思った。日本海軍の誇りである搭乗員が大半、失われてしまったのだ。

「源田は何をしていたんだ」

淵田は怒りがこみあげ、感情を押さえきれなかった。

真珠湾攻撃のとき、ハワイ島をトコトン攻めて、占領するぐらいの気迫があればよかったのだ。そうすれば、こんなことで何人もの搭乗員を殺さずにすんだかも知れない。あれを思い、これを思い、淵田は気が狂いそうだった。

資源のない日本にとって空母三隻の喪失は、あまりにも大きな代償だった。

生き残った搭乗員たちが、入れ替わり立ち代わり病室にやって来て、戦況を報告した。

「加賀」と「蒼龍」も全艦、火に包まれたが、「飛龍」は無事で、残った零戦、雷撃機、爆撃機は、敵空母の攻撃に発艦していったという。

「さすがは山口さんだ」

淵田は痛快な思いがした。山口司令官は、どれほど悔しがっているだろうか。

積極果敢な山口司令官は、ハワイ攻撃の時もいち早く

「赤城」被弾後、1航艦司令部が移乗した軽巡「長良」

ミッドウェー海戦で最後まで奮戦、米空母に一矢を報いた空母「飛龍」

第三次攻撃を主張したが、南雲長官に無視された。今回も敵空母発見の知らせが入るや、すぐ攻撃隊の発進を求めたが、やはり無視されたようだ。

その結果がこのざまだ。

「くく」

淵田は山口司令官の胸中を察し、涙がこぼれた。淵田は顔を覆って男泣きに泣いた。

戦争が始まった以上、戦うのが軍人の務めであった。戦う以上、勝つことが要求された。空母決戦では、ためらいがもっとも危険であった。敵の機動部隊発見と同時に、なぜ飛行隊を突っ込ませなかったのだ。なにもできなかった自分にも無性に腹が立ち、淵田は悔しくて悔しくて、体を震わせて泣いた。

搭乗員たちは口々に幕僚たちを批判した。南雲長官は自決すべきだという声もあった。

戦争を知らない提督だという声もあった。

たしかに南雲長官の作戦は失敗の連続だった。これは南雲長官の優柔不断な性格にあった。源田という有能な男もいた。しかし源田は幕僚であって長官ではない。参謀は部分部分で意見を述べる立場に過ぎない。長官に必要なのは、戦局の推移を見通す見識と卓越した統率力ではないか。この二つとも南雲長官には欠けていたのだ。

その南雲に日本海軍の命運を託した山本長官の責任も重大ではないか。

淵田は手当たり次第に物をぶつけ、当たり散らしたい心境だった。

「おぅ、おぅ、おぅ」

淵田は泣き続けた。

このころ、「加賀」は完全に火炎に包まれていた。

後で知ったのだが、一弾が燃料補給用の小型ガソリン車を吹き飛ばし、艦橋は一瞬のうちに猛烈な火炎に包まれ、艦長の岡田次作大佐ら幹部が即死していた。午後四時二十六分、「加賀」は横倒しになってミッドウェーの海に姿を消した。犠牲者は八〇〇名であった。

「蒼龍」もときおり大爆発が起こり、断末魔の苦しみにあえいでいた。総員退去となり、乗員の大半は駆逐艦「巻雲《まきぐも》」に救助されたが、艦長の柳本柳作大佐は乗員の説得を振り切って艦に残り、「君が代」を歌いながら艦と運命を共にした。

山口多聞少将

このなかで「飛龍」飛行隊の活躍は見事であった。

午前七時五八分には降下爆撃隊一八機が発進し、敵機の跡をつけて「ヨークタウン」に迫った。護衛の戦闘機は六機だった。

途中、二機の戦闘機が敵の雷撃機と空中戦になり、そのため敵戦闘機の迎撃を防ぎきれず一〇機の爆撃機が撃墜された。残りの八機がなんとかたどりつき、三弾を飛行甲板に叩き込んだが、こちらの被害も大きく、三機が爆弾を投下する際に撃墜された。

日本の空母なら、たちまち大火災となるところだが、信じられぬことが起こった。「ヨークタウン」の消火設備は完璧で、三十分で火災を下火にさせ、甲板を修理して戦闘機の発着を可能にした。日本の空母にはない、スプリンクラーを完備していたのだ。

続いて「飛龍」から雷撃隊一〇機と制空隊六機の第二次攻撃隊が発艦し、「ヨークタウン」に二発の魚雷をぶち込み、行動を停止させた。しかし激しい対空砲火と敵戦闘機の迎撃で、これも帰投したのは零戦三機と雷撃機五機に過ぎなかった。

「ヨークタウン」は付近に潜んでいた伊一六八潜水艦が止めを刺し撃沈した。

やがて孤軍奮闘の「飛龍」にも最期の時がきた。

淵田は搭乗員の肩につかまり甲板に出た。

上空警戒も行なってはいたようだったが、太陽を背にした一〇機以上の急降下爆撃機に襲われ、命中弾を受けて大火災を起こしていた。

「あぁぁ」

淵田の脳裏を山口司令官の表情がよぎり、心がちぎれんばかりであった。その山口司令官は「飛龍」と運命をともにしていた。

その後、大破していた「赤城」は日本側の魚雷で〝処分〟され、南雲機動部隊は全空母を失った。ミッドウェー、アリューシャン作戦は中止された。

山本長官は残された艦艇での夜襲を考えたが、山本の艦隊ははるか三〇〇海里も離れており、あきらめるしかなかった。

敗戦の全責任は山本長官にあることも確かだっだ。アメリカ海軍は最初の攻撃で雷撃機の多くを失い、一体、どうなるのかと皆、青ざめた。日本海軍の暗号を解読し、四隻の空母がくることを知っていたにもかかわらず、南雲機動部隊のガードは堅く、最初から苦戦だった。狼狽する米国艦隊を救ったのは、日本海軍機の攻撃がないことだった。南雲長官の消極策にアメリカは救われたのだ。

落日の前奏曲

㈠

ミッドウェー海戦は、まさに日本の落日を暗示する完敗だった。

南雲機動部隊の作戦ミスという単純なものではなかった。複雑にいろいろな要因がからみあっていた。冷静に考えれば、単に南雲長官ひとりに責任を負わせるべきことではなかった。作戦決定の過程はどうだったのか、日本の軍人の資質はどうだったのか、軍の機構に問題はなかったのか、さまざまな事柄が問われた。

なぜこのような取り返しのつかない大失態を起こしたのか。日本海軍にも官僚主義がはびこっていて、年功序列の人事を繰り返し、頭だけで作戦を考える輩《やから》が巣食っていたことが大きかった。

「柱島の連中は、一人相撲をとってやがる」

淵田は松葉杖をつきながら、こう言ってせせら笑った。

柱島は広島湾の南、岩国市の東南にある泊地で、四方にいくつかの島が散らばり、その中でいちばん大きい島が柱島であった。その名をとって柱島泊地といい、開戦以来、連合艦隊はここに艦隊司令部を構えていた。

魚雷防護網に囲まれた「大和ホテル」にとまり込んで、のどかなところでのんびりと暮らしている柱島の司令部は、戦場から見れば、保養地の生活であった。

日露戦争のとき、連合艦隊司令長官・東郷平八郎は自ら陣頭指揮をとった。今回も、連合艦隊の司令長官である山本五十六自身がミッドウェーに向かうべきではなかったか。

「長官が来ないで、本当にやる気があるんですか」

淵田はミッドウェー攻撃の前に、連合艦隊参謀の黒島亀人《かめと》大佐に皮肉を言ったことがあった。ツキのある山本長官が前線にいれば、現場の士気もいやが上にもあがるし、南雲長官よりは山本長官の方がいざというときの「ひらめき」が数段は勝っているはずだ。そう思ったからだった。

山本長官の勝負の仕方はギャンブル・スピリットにあふれており、修羅場《しゅらば》ではこういう人が指揮官の方がいいに決まっていた。

いつの頃からか、海軍士官は英国流のジェントルマンが理想と言われだした。

冗談じゃない。戦場ではそんな奴は、さっぱり役に立たなかった。参謀がそんな奴で占められては、戦争などできるはずもなかった。

博打をやって、女を抱くぐらいの図太い神経がなければ、対空砲火の中に突っ込んでいけるものか。また部下を出してやれるか。淵田はそう思った。

だから源田以外の参謀は好きになれなかった。

源田は、いざとなれば自分が戦闘機に飛び乗って、出撃せんとする意思を持っていた。山本長官のことは、そんなに知っているわけではないが、少しは源田のような気風を持っている人ではないかと思っていた。

源田は褒めるときは、

「よくやった」

と率直に口に出し、気に入らないときは、

「フフン」

と気乗りしない言葉を吐いた。源田のそんなところも好きだった。

メリハリがはっきりしている上官の方が、部下は仕事がしやすいものだ。

淵田が思うに、戦場では瞬時の判断で右か左か、進むのか、退くのかを決断しなければならなかった。迷っていては間に合わない。弾丸が飛び交う戦場では、まごまごしていては殺されるだけだった。まだ日本が負けると決まったわけではないが、見通しは真っ暗である。

山本さん、しっかりして下さいな。そういうところだった。

今にして思えば、ミッドウェー作戦そのものが無謀だった。

山本長官自身が、から回りしていた。

山本長官は戦艦「大和」に乗って一応出動するポーズをとったが、三〇〇海里も後方に待機していたのでは、ただのゼスチャーに過ぎなかった。

ゼスチャーの割には、山本長官が率いた艦隊は大名行列そのものだった。旗艦「大和」を先頭に、戦艦「伊勢」「日向」「山城」「長門」、それに駆逐艦十数隻、上空直衛と対潜警戒のため空母「鳳翔《ほうしょう》」までついていた。

まだ燃料があった時期だが、こんな遊びのような行動をしていたこと自体が奢《おご》りだと淵田は残念に思った。

多分、これは山本長官の本意ではなく、青白い参謀たちの入れ知恵に違いないが、ここまで艦船を侍らせておく必要がどこにある。それよりも東京の軍令部か柱島の泊地に詰めて指揮をとった方がまだましだというものだった。

南雲機動部隊の草鹿参謀長は、戦後になってからだが、

「連合艦隊司令部は、開戦以来、広島湾に安住し、麾下《きか》艦隊の実相もよく知らず、作戦計画ばかりどんどん進んだ」

と自己批判した。

これは事実上、山本長官批判でもあった。それなら草鹿自身、なぜ作戦に慎重を期するよう山本長官に進言しなかったのか。

「私自身、今こそ種々、当時を顧《かえり》みて、客観的に批評するけれども、事前になぜもっと積極的に、所信を披瀝《ひれき》しなかったのか、いわゆる下司《げす》の知恵は後からの誹《そし》りは免れ得ない。とにかくほとんどこの計画を丸呑みにして、落ち着く暇もなくミッドウェー攻略作戦の先鋒をうけたまわったのである」

と草鹿は懺悔《ざんげ》した。これで参謀長が務まるのだから、組織がどこかおかしくなっていた。

草鹿は獅子は獲物に向かうときは全力を尽くしてかかるが、いったん倒したら、そこに心をとどめず他に転じる「獅子翻擲《ししほんてき》」という言葉を好むと自分で言ったことがある。

「草鹿さんの禅は、野狐禅《やこぜん》や」

淵田はそういって揶揄《やゆ》した。獅子ならもっと激しく嚙みついたはずだ。

戦国時代の武士なら一撃を加えて、さっと身を引く生き方もあろうが、圧倒的な物量を誇るアメリカが相手である。ハワイ攻撃のときは、執拗に相手に食らい付いて空母を殲滅《せんめつ》する気迫が欲しかった。その気迫の欠如がミッドウェーの惨敗につながったと淵田は思った。

（二）

日本海軍の上層部には、どこかに曖昧な部分があった。ハワイ攻撃のとき、山本長官がどんな指令を出していたのか、石油タンクを必ずつぶせ、空母を探し出して攻撃せよと言っていたのかどうか、淵田は何人かに当たってみたが、それは分からなかった。

漠としてつかんだのは、山本長官は自分の考えを部下に周知徹底させる努力を怠り、すべて現地に任せ、指示は下していなかったというのが真相のようだった。

淵田は、この曖昧さが嫌いになった。淵田は晩年、キリスト教に帰依するが、飛行隊長として淵田は飄々《ひょうひょう》とした中にも、冷徹なリアリストの一面を持っていた。

爆撃に行けば、必ず誰かは死んだ。一撃を加えて、それで終わるというのではなく、可能な限り、敵を殲滅させることを望んだ。その気迫と勝負どころの勘がなければ、一騎当千の搭乗員を率いて戦場に飛ぶことはできない。頭だけでどうこういう輩は、せせら笑いの対象だった。

淵田はその意味でプロの軍人だった。

後で考えれば問題の残る真珠湾攻撃だったが、それ以後、ミッドウェーまでの日本海軍は連戦連勝であった。

「アメリカなどちょろいな」

誰もが慢心していた。ミッドウェー作戦も機密保持などまったくなされておらず、

「大きな作戦があるそうですなぁ」

と呉《くれ》では床屋さんまで知っていた。

ルーズベルト大統領が「日本人はとても飛行機などには乗れない人種だ」という偏見を捨てきれなかったと同じように、日本人にもひどい偏見というか、無知があった。

アメリカ人は個人主義で、享楽にふけった自堕落な生活をしているとか、鬼畜のような野蛮な民族だとか、当時、世間一般に流布されていたアメリカ人像は、事実とはかけ離れているものだった。

幕末に黒船が来航した時と、あまり変わらない精神構造になっていた。その原因はどこにあるのか。一方的な情報しか流されなかった時代の悲劇といえばそれまでだが、情報が閉ざ

され、「敵を知り、おのれを知れば、百戦あやうからず」という古来の兵法がまったく生かされなかった時、やはり悲劇が起こるものであった。

アリューシャン作戦も行なったので、今回の作戦には防寒被服も大量に積み込まれた。どこか寒い方で戦争があるのは一目瞭然だった。

ハワイ攻撃のときは隠密《おんみつ》を第一とし、すべての艦船と飛行機の無線を封鎖した。もちろんミッドウェーでも無線封鎖は行なわれていたが、ミッドウェー島を占領しようというのだから陸軍を運ぶ輸送船団もついてくる。連日、濃霧つづきで、手旗交信ができず、やむをえず無線を使わざるを得なかったし、ミッドウェー島から発進した敵偵察機が、こちらの偵察機とばったり顔を合わせ、銃撃戦を演じる一幕すらあった。暗号も解読されていて、南雲機動部隊が攻撃を仕掛けてきたことは、とうにアメリカに察知されていた。

それをさほど気にせず艦隊を進めるあたりは、慢心というほかはなかった。

(三)

作戦計画もかなり強引だった。

「アホとちゃうか」

淵田はあきれ返ったことがあった。

五月一日から四日間、「大和」の艦上で行なわれたミッドウェー作戦の図上演習のときである。

アメリカの陸上攻撃機が日本の空母群に爆撃を加える段になり、第四航空戦隊参謀の奥宮正武少佐が爆弾命中率を決めるためにサイコロを振った。

演習審判規則に従って、空母群に九発の爆弾が命中すると査定した。

すると、どうだろう。

「いまの命中率は三分の一の三発とする」

連合艦隊参謀長の宇垣纏《まとめ》中将が言った。

鶴の一声だった。この結果、沈没したはずの「赤城」が小破となり、同じく沈没した「加賀」が戦場に復帰していた。飛行機も撃墜されたはずの爆撃機が、敵の飛行場を爆破して帰投する始末で、淵田は開いた口がふさがらなかった。

これについて、誰ひとり異論を唱える者もおらず、演習は幕となった。

また日米の戦力は三対一で、日本の方が圧倒的に有利であるということも、宇垣参謀長は言った。

「おかしいじゃないか、これは驚くべき驕慢だよ」

淵田はサイコロを振った奥宮に言った。

「ハイ、その通りです」

奥宮が答えた。奥宮も搭乗員の出身である。

「淵田中佐がガンと言うべきでした」

奥宮に言われ、「そういえばそうだが」と淵田は頭をかいた。

実は、南雲機動部隊の演習でも同じことが行なわれていた。ミッドウェー島を攻撃中に、側面から敵機動部隊が出現した場合に備えて、さらに研究の要ありという質問があった。

これも、うやむやになってしまった。

淵田も源田もこの時期、体調不良で、あまり真剣に考えられなかった責任はある。これが縁で淵田は奥宮ときわめて親しくなり、戦後、奥宮と一緒に多くの本を書くことになる。

奥宮は淵田よりは七つほど若く、当時はまだ三十代の前半だった。

奥宮はこの作戦について、上層部に賛成反対、二つの意見があったことを指摘した。敵の空母群がどこにいるのか、まったく分からずに出撃するという信じがたいことが平然と行なわれてしまった。軍令部の第一課長・富岡定俊大佐は、

「ミッドウェーを占領したところで、補給が困難であり、維持できない」

と強く反対した。しかし山本長官の意向に反対できる人はいなかった。軍令部総長も軍令部次長も、最終的には山本長官に任せるという判断をした。

作戦を最終決定するのは軍令部だが、山本に対しては反論できないという遠慮があった。なにせ山本は真珠湾攻撃で国民的英雄になっており、山本という名前は神格化されていた。

こういうときに危機が起こる。しかし、残念ながらチェック機能はまったく作動しなかった。

「だからあのとき、山本さんは柱島ではなく東京に行って、連合艦隊司令長官兼軍令部総長として、指揮をとればよかったんですよ。米軍の場合はそうです」

後日、奥宮が言った。

確かにアメリカ合衆国艦隊司令長官のキング大将は、海軍作戦部長を兼務しており、自分の責任で作戦を立て、実行することができた。

日本海軍の作戦指導は、東京の軍令部がすることになっていた。ところがもう一つ、広島に連合艦隊司令部がある。ここにも多くの幕僚がいて、作戦を練っている。

「無駄でしょう」

「うん」

なるほど奥宮の言う通りだと淵田は思った。山本長官が柱島にいるから、中途半端なことになってしまう。軍令部は顔の見えない山本長官の幻影に萎縮し、本当は反対なんだが、賛成してしまう。山本長官は山本長官で、どこか東郷平八郎の心境になって出撃しなければいかんという気持ちになってしまう。

艦隊同士の決戦であれば、敵艦の動きを双眼鏡で見つめながら、「撃ち方はじめ」と号令をかけることができる。だがいまは、目に見えないところから敵がくる航空戦である。

山本長官が出撃したところで、どうなるものでもないという意見も確かにある。

命令系統が複雑多岐では、しっくりこないことは事実だった。

淵田は、山本長官に焦りがあったことも敗因の一つだと思った。

ミッドウェーから日本に帰る「長良」の中で、淵田は源田とあれこれしゃべった。

「源田、やはり東京空襲がきいたな」

「どうして」

「山本長官は東京空襲のショックで、この作戦を早めたんじゃねえのか」

「それはあるな」

源田も認めた。とすると、これはルーズベルト大統領の大勝利ということになる。

淵田はとんでもないところと戦争を始めてしまったと思った。他にも原因は多々あった。

敵にはレーダーがあり、こちらにはなかった。

「赤城」の艦上に敵の急降下爆撃機が迫るまで、こちらは知らずにいた。

監視が肉眼では、雲の中から真っ逆さまに落ちてくる飛行機を捕捉することは至難の業だった。どんなに完璧に図上演習してみたところで、これを防ぐことは無理で、敵の飛行機が来る前に敵の空母をやっつけるしか方法がなかった。

そうすると、現場の指揮官の判断ということになる。山口多聞・第二航空戦隊司令官が機動部隊の長官であれば、間違いなくこんな惨敗はなかった。

南雲長官には悪いが、この人に問題があるといわざるを得なかった。

「どうしてる、南雲さんは?」

淵田は源田に聞いた。

「それがなあ、意気銷沈して、うつむいてばかりいるよ。南雲さんは自らイニシアチブをとることは全くないんだ。なんでもウンそうかと決裁してしまうんだ。これでいいのかなといつも思っていたよ。もっと俺が積極策で臨めばよかったんだ」

「まったくだ」

淵田が言った。

「次の司令長官は誰がいいんだ」

「本当は山口少将が適任だった。惜しい人を失ったよ。あとは大西少将だな」

源田は躊躇することなく山口多聞の名前を挙げ、次に大西瀧治郎を挙げた。大西も航空畑の人間である。

その有能な山口少将は、もういない。なんで勝手に死にやがったんだ。恨みごとの一つも言いたい心境だった。

それにしても肝心なときに、病に臥《ふ》せってしまった淵田である。

これ以上、他人を責めるのは卑怯というものだ。

自分の責任を痛感するしかなかった。

歴史に、〃もしも〃はないが、淵田は「あれは心外だった」と残念無念に思うことがあった。

アメリカの機動部隊がハワイを出港したという情報を、「大和」はキャッチしていた。にもかかわらず「大和」は、当然「赤城」も電波を傍受し、知っていると判断して、通報しなかったことだった。

「バカめが」

淵田はあのときも唇を噛んだ。

なぜ「大和」は通報しなかったのか。

電波を出すことによって「大和」の所在が知られることを恐れた。山本長官の中途半端な出撃が、こうした事態を招いたといえた。

「大和」が米機動部隊のハワイ出動を知ったのは無線傍受によってであり、「大和」よりは「赤城」の方が米機動部隊に近いので、当然、無線は傍受しているだろうという思いこみもあった。

米機動部隊の出動を知っていれば、南雲機動部隊の態勢はまったく異なっていたわけで、これは山本長官の大きな判断ミスだった。

「全軍の最高指揮官が、ものを言えないようなところに出てきては駄目なんだ。これだったら、山本長官は東京にいてもらった方がよかったんだ」

淵田はかえすがえすも、このことを悔んだ。

草鹿参謀長は索敵の大失敗が致命的だったと嘆いた。この日、南雲機動部隊は十分な索敵を行なっていなかったというのだった。米機動部隊は出てこないという思いこみがあり、朝の索敵に手抜きがあった。理由は判然としないが、二機の偵察機の発進が遅れ、敵を見逃した。

一説にはカタパルトの故障といわれるが、漫然と遅れてしまったとの話もあった。こうなると放漫経営による企業の倒産のようなもので、何をかいわんやであった。

破竹の勢いであった日本海軍は、太平洋上の空母決戦で敗れた。

士気も高く、百戦錬磨の飛行機乗りをかかえた日本海軍が敗れてしまったのだ。

空母の補充はそう簡単ではない。そしてまた、優秀な飛行機の搭乗員を多く失ったのは、取り返しのつかないことだった。

米軍はこれで自信を深め、対日戦について勝利の方程式を編み出すのである。

新兵器レーダーとVT信管

(一)

淵田は帰国して療養生活を余儀なくされた。

ミッドウェーの敗戦は極秘事項にされ、「長良《ながら》」が呉に帰港したときは全員、上陸禁止となり、すべて「部外秘」の特別命令が出された。

ミッドウェー海戦における死者は約三〇〇〇名だった。駆逐艦の救助活動で生存者もやはり約三〇〇〇名いたが、機密保持ということで全員を缶詰にした。

「馬鹿げた話だ」

淵田は思った。いいじゃないか、戦争だ。負けることもあるじゃないか。こうなったら、腹をくくるしかないはずだ。国民を欺瞞《ぎまん》して本当にそれでいいのか。どうも日本という国は肝っ玉が小さいように感じられた。

各地で笑うに笑えぬ悲喜劇があった。四隻の空母あてにきた郵便物である。誰が死んで誰が生きているのか。さっぱり分からない。しかも生存者がどこの艦《ふね》に収容されたかとなると、これまた分からない。

淵田は「氷川丸」に乗せられ、横須賀で降ろされ、海軍基地の病院に収容された。一種の幽閉だった。淵田は「蒼龍」飛行隊長の江草隆繁少佐と一緒だった。淵田の家族は逗子、江草の家族は鎌倉にいた。

「隊長、こんなところにいられますか」

「そうだな」

「脱走しましょう」

江草が言った。命懸けで戦ってきた飛行隊長に対する処遇ではなかった。二人はタクシーを拾って脱走した。気分は壮快だった。

淵田の妻は淵田が無事であることを知っていた。淵田はしばらく家族と水いらずで暮らした後、横須賀に戻り、伊豆の韮山《にらやま》温泉に送り込まれた。やはり幽閉だった。

この間、消滅した第一航空艦隊に替わり、第三艦隊が編成され、山本長官の温情で南雲長官と草鹿参謀長が移り、南方に出撃していった。

「またこの人事かい、勝てるわけがねえ。山本さんも、どうかしてるよ」

淵田は江草を相手に憂さを晴らした。

淵田は昭和十八年（一九四三）六月まで横須賀航空隊に在籍し、松葉杖をつきながらミッドウェー海戦の調査に従事した。

江草隆繁少佐

もはや第一線からの引退であり、失意の日々であった。

この後、一度、ラバウルに行くチャンスがあったが、もう淵田を必要とする航空隊はなかった。淵田は日本海軍の悲報を聞きながら、憂鬱な表情で横須賀にいた。

昭和十八年四月十八日、ラバウルからブーゲンビル島の沖合にあるバラレ基地に向かった山本司令長官は、アメリカ軍のロッキードP38戦闘機に撃墜され戦死した。日本海軍はこの情報を一ヵ月間、伏せていたが、公表せざるを得なかった。

日本海軍の暗号が一年も前から解読され、山本司令長官の所在と、そのスケジュールがすべて筒抜けになっていた。長官機は火焔に包まれてジャングルに落ちていった。すぐ捜索隊が向かい、二日間にわたる捜索の結果、黒焦げとなった長官機が見つかった。

山本長官は左手に軍刀を握り締め、その遺体は不思議にも焼けてはいなかった。頭を機銃弾が貫通しており、壮絶な最期であった。

「山本さんは自ら死を選んだんだ。これで完全に終わりだな」

淵田は思った。

山本長官は鮮やかに死んでくれた。そんなことを言う人も海軍関係者にはいた。

南雲長官は自決すると口にしたが、草鹿参謀長が止めたということだった。責任の取り方として、自決が本当にいいのかどうかは異論もあるが、自分だったら自決するだろうと淵田は思った。

生き残った搭乗員とも連絡が途絶えた。ミッドウェーの生き残りは皆、南方に飛ばされ、耳に入ってくるのは彼らの戦死の報せだけだった。

降下爆撃隊の隊長だった高橋赫一少佐は、珊瑚海海戦で戦死していたし、十七年の秋には雷撃のエース村田重治少佐が南太平洋で戦死した。これを聞いたとき、淵田は、おいおい泣いた。いちばん好きな男が村田重治だった。あんなにいい男が、もうこの世にいないと思うと寂しかった。悲しかった。村田のニックネームは「仏《ぶつ》」であった。仏様のように、おだやかで優しい人間だった。

二人のときは「オヤジさん」と言った。皆の前では「隊長さん」と呼んでくれた村田の口調が耳に響き、何度も夜中に目を覚ました。村田の死を聞いてから、ぶつが死んでしまう戦争とは一体、なんだろうかと、初めて考え込んだ。

もしかすると、この戦争は誤りではなかったか。

いや、完全に誤りだったと思えて仕方がなかった。

戦況は悪化していた。

昭和十七年八月の第一次から第三次ソロモン海戦、そして十月の南太平洋海戦は一応の成果をみたが、南雲長官はお役ごめんとなった。後任の小沢治三郎《じさぶろう》中将が第三艦隊司令長官に就き、空母群も統括して小沢機動部隊である第一機動艦隊が編成され、昭和十九年（一九四四）六月、マリアナ沖海戦に臨んだ。

サイパン西方七〇〇海里（約一三〇〇キロ）の洋上で、小沢機動部隊は米機動部隊と決戦に及んだ。これに敗れれば完全に後はなかった。ミッドウェーの惨敗に懲りて、日本海軍は索敵を慎重に行なった。

第三の索敵機が敵空母を発見した。距離は三八〇海里、東京——岩国間の距離である。小沢機動部隊にはレーダーも備えられていた。今度は敵機の襲来も事前にキャッチできるのだ。小沢長官はアウトレンジ戦法をとった。敵機の及ばない射程外から、攻撃隊を発艦させ、敵機動部隊を叩く方法である。

これは開戦当時のようなベテランの搭乗員がいたら、不可能ではないだろうが、淵田だったら絶対に取らない戦法だった。

考えただけでも馬鹿げた戦法だった。

一騎当千の搭乗員はもういないのだ。そんなに遠くまで誰が飛べるのか。帰りはグアム島かロタ島への着陸も指示したというが、戦闘をして帰ってくるのだぞ。

「航空参謀、お前、頭がおかしいんとちゃうか」

そう言って大反対する作戦だった。こんな作戦を大真面目にやること自体が、無謀きわまる暴挙というものだった。

こんな作戦に第一航空戦隊の空母「大鳳」「瑞鶴」「翔鶴」、第二航空戦隊の「隼鷹《じゅんよう》」「飛《ひ》鷹《よう》」「龍鳳」、第三航空戦隊の「千歳」「千代田」「瑞鳳」の九隻もの空母が参戦した。

あとにも先にも、これしかない。全航空兵力を注ぎ込んだ。

最新鋭の空母「大鳳」も入っていた。昭和十九年三月に竣工したばかりの空母である。

飛行甲板は五〇〇キロの爆弾に耐えられるように設計され、魚雷に対しても特殊鋼板を合わせた外板を張り、水の侵入を防ぐ防水隔壁も設けた。エンジンやボイラーは鋼板の仕切りで保護されていた。簡単に沈むはずのない世界最強の空母であった。

日本海軍はミッドウェーの雪辱を期すべく最後の決戦に出たといえば、聞こえはいいが、淵田がいれば慨嘆し、怒り、わめき、司令長官に中止を直訴するような作戦だった。

六月十九日午前七時半、各艦から総計二四六機という大飛行隊が、敵を求めて発艦していった。

「これで勝った」

小沢長官はホッとした表情で、三時間後に入るだろう吉報を待った。敵がレーダーでわが方の飛行隊を捕捉し、待ち伏せていようとは、微塵も考えていなかった。ミッドウェー以後、米海軍は急速にエレクトロニクス化を進めたのに対して、日本海軍はまだハワイ攻撃やミッドウェー攻撃の感覚でいた。

小沢治三郎中将

米艦隊より先にこちらが発進すれば、奇襲がなるという独りよがりの感覚である。

それ以前に敵との距離が問題だった。

アウトレンジというのは、悪くいえば、へっぴり腰の戦法である。短くても三〇〇海里（約五五〇キロ）、東京――岡山間の距離から発艦させるのだ。遠すぎて戦場に着いたころは、搭乗員はクタクタになっていて、戦闘どころではないはずだった。悪天候になれば、敵にたどりつけるかどうかも分からない。

加えて、敵は性能のいいレーダーを開発したという情報があった。そうなれば、敵戦闘機が必ず待ち伏せていると考えられる。爆撃隊、雷撃隊はたちまち迎撃される危険があった。あまりにもリスクの多い戦法だった。源田がこの点を指摘したが無視された。源田はミッドウェーの失態で、発言力は低下していた。

司令長官の小沢も航空畑の人ではないが、空母の集中使用については理論を持っていた。しかし搭乗員の疲労や精神状態、一人ひとりの熟練度などに対する配慮までは、残念ながら及ばなかった。ハワイ攻撃のときは、二三〇海里から発艦した。

飛行時間は一時間程度がいいのだ。二時間も三時間も飛んでは、疲労してしまい、ミスが多くなることが搭乗員からも指摘されていた。

零戦までもが二五〇キロ爆弾を積んで出撃した。これでは動きはとれない。

結局、今回もひどく敗れた。空母は潜水艦にやられ、攻撃隊はレーダーで知って、いまや遅しと待ち受けた敵戦闘機隊に撃ち落とされた。空母に迫った雷撃隊、爆撃隊も的確な対空砲火によって、まったく敵艦に近づくことが出来なかった。米海軍は、

「マリアナ沖の七面鳥狩り」

と呼んで勝利に酔いしれた。

日本の飛行機は飛べない七面鳥と同じように、簡単に落とされてしまったのだ。

戦後、分かったことだが、旗艦「レキシントン」には一〇〇名ものレーダーオペレーターが待機しており、二十四時間の監視態勢で小沢機動部隊を見張っていた。

(二)

レーダーに最初に映像が写ったのは朝の十時半（日本時間九時半）だった。距離は二〇〇キロ前方であった。高度も三五〇〇メートルと分かった。このため、米軍はただちにグラマンＦ６Ｆヘルキャット戦闘機を発進させて、上空に待機させた。

日本の飛行隊は、飛んで火に入る夏の虫だった。

ヘルキャット隊は高度を日本軍よりも六〇〇から八〇〇メートル上空にとった。

この戦闘機は零戦に対抗してつくられた新鋭機で、二〇〇〇馬力の強力なエンジンを持ち、高速性を生かして急上昇、急旋回ができ、機体も頑丈で零戦をグイグイ押し込んで行く力強さがあった。戦闘方法も日本と異なり、二機一組のチームワークが徹底され、安全、確実な戦闘方式が求められた。日本の場合は個人技であり、そこがサムライ・パイロットと呼ばれる所以《ゆえん》だった。

日本の攻撃隊は突如、上空から襲ってきたヘルキャットにさんざん蹴散らされ、敵空母にたどりつく前に壊滅状態になっていた。それでも何機かは敵空母を発見し、果敢に攻撃を仕掛けて行った。

日本の攻撃機を待ち受けていたのは、ものすごい対空砲火だった。

〝ダアーッ〟と目の前が火の海になるようだった。米軍は最新鋭の「VT信管」を装備していた。

これは、「可変型時限式信管」と呼ばれるもので、目標物に近づくと自動的に爆発する装置である。この信管がセットされた砲弾は周囲一五メートルの範囲に電波を出し、目標物を感知すると、自動的に爆発するのだった。

日本の高角砲は弾丸があらかじめ決めた一定秒時を飛ぶと、自動的に爆発するようになっていたが、米軍に比べると性能の差は大きかった。こうした数々の電子兵器の開発を担当したのは、ワシントンのカーネギー研究所であった。ここのブッシュ所長はナチスドイツの台頭に危機意識を抱き、これを撃ち破るための新兵器の開発を大統領に提案した。そしてアメリカの科学技術者の結集を図り、次々にエレクトロニクス兵器の開発に成功していた。

第二次攻撃隊の一三二機も同じ運命に遭った。マリアナ沖海戦での飛行機の損害は、沈没した空母に搭載していた飛行機も含め、資料によって異なるものの、三九五機とも四〇二機ともいう膨大《ぼうだい》な数にのぼったという。

加えて、沈むはずのない「大鳳」が潜水艦によって撃沈されたのも痛かった。

日本では科学者の動員、結集が図られていなかった。

開戦時、航空工学の専門家たちは「日本は資源も乏しく、科学技術と工業力のレベルが低いので、いくら頑張っても近代戦争には勝てない」と広言していた。

ハワイ攻撃が成功して、「日本の飛行機が勝てるのは、せいぜい半年だけ。またドイツには耐寒潤滑油のいいのがないので、厳冬になれば、戦車も動かなくなる」と噂しあっていた。文句を言った逓信省の工務局長・松前重義は東条ににらまれ、一兵卒で召集されてしまった。ミッドウェー海戦までは日米対等の戦いだったが、その後は科学技術と工業力の差が大きく出てしまい、どうにもならない負け戦であった。もはや対等の戦いにはならなかった。日本の造船工業の粋を集めて建造した空母「大鳳」の沈没も象徴的だった。

第一次攻撃隊が飛び立った直後であった。

一機の艦上爆撃機・彗星《すいせい》が突然、右に旋回し、そのまま海中に突っ込んだ。直後、まっしぐらに魚雷が「大鳳」に向かってきた。彗星は身を挺してこれを阻止しようとしたのであった。上空に気をとられている間に敵潜水艦が、空母群の間に侵入していたのである。

駆逐艦の怠慢だった。飛行機の発着艦時がもっとも危険であることは、ミッドウェーで学んだはずだった。それがまったく生かされていなかった。

船体に衝撃を感じ、エレベーター室がやられた。そこを除いては、航行に支障はなかった。甲板はただちに修理が行なわれ、発着艦にも支障はなかった。駆逐艦は狂ったように潜水艦を探して、爆雷を投下したが、潜水艦は逃走したようだった。

しかし、飛行機用のガソリンタンクに亀裂が入ったのが致命傷となった。漏れたガスが艦内に充満し、なんらかの原因で引火し、大爆発を起こしてしまった。飛行甲板は引き裂かれ、艦橋も火炎に包まれ、重油も漏れ、海面にも猛火が広がった。午後四時すぎ、空母「大鳳」は断末魔の苦しみにあえぎながら大きく左に傾き、サイパンの海に消えていった。

ガソリンタンクの防護設備が不十分で、ガス漏れにどう対応するかのマニュアルも不十分だった。飛行隊の結果を待つどころではなかった。飛行機を飛ばした直後に、惨敗が始まっていた。

淵田は、悲報を聞きながら、どうしようもない敗北感に打ちのめされていた。またしても多くの仲間が戦死した。ハワイ攻撃を戦い、ミッドウェーで生き残った飛行隊の勇者は、もういなくなっていた。

戦争はもうやめるべきだ。

残念ながら負けたのだ。

淵田は、はっきりそう思った。しかし、誰もブレーキを掛けることはできなくなっていた。

東条内閣は倒壊し、本土決戦が叫ばれ、飛行機ごと体当たりする特攻隊の話も浮上した。

この時期、淵田はようやく体調が戻り、横須賀海軍航空隊の教官となり、海軍大学校の教官を兼務したが、淵田のところに、戦争を疑問視する相談も持ち込まれた。

日本は日々、どうしようもない戦が続き、海軍の唯一の武器は特攻機になっていた。

ここまで追い詰められたか。

淵田は自嘲した。

昭和二十年八月十五日

㈠

昭和二十年（一九四五）元旦、東京は激しい空襲に見舞われた。

誰が見ても負け戦であった。いっぺん勝って、勝ったところでバンザイしよう。和平のきっかけを摑《つか》もう。参謀本部も軍令部もそう考えていたが、どこでも勝つことはできなかった。

一月九日、淵田の長年の友、嶋崎少佐が台湾とフィリピンの間で忽然と消えた。知らせを受けた淵田は言葉がなかった。もう海軍航空隊には、まともな奴はいないのだ。

もはや戦争を続けることは無理なのだ。

「ばか野郎！」

淵田は空に向かってわめき、地に伏して慟哭《どうこく》した。

硫黄島が陥ち、四月には沖縄に米第五艦隊を主力とする攻略軍が上陸し、伊藤整一中将を提督とする戦艦「大和」が出撃したが、敵の雷撃機、降下爆撃機に襲われ、刀折れ矢尽きて沈没した。

六月二十三日には沖縄を守る第三十二軍司令官・牛島満《みつる》中将が割腹自決し、日本は最後の砦の本土を残すだけとなった。

淵田は昭和十八年七月に第一航空艦隊参謀、十九年四月に連合艦隊参謀、二〇年四月には海軍総隊参謀に就いた。この年五月、同盟国のドイツも降伏した。

「淵田ッ、俺も死ぬよ」

源田は選りすぐったパイロットを集め、軍令部から現場に転じ、戦闘機を指揮していたが、もはや如何ともしがたかった。

「俺も死ぬか」

淵田はB29の発進基地であるマリアナ基地へ特別攻撃隊を送り、敵機を地上で爆破する挺身特攻隊の編成も考えた。飛び込んで死ぬつもりだったが、実現しなかった。

すべては手遅れであった。

七月二十六日、米・英・中国の三国宣言がポツダムで発表された。

「日本の軍事力は完全に武装解除され、自国に帰り、平和的かつ生産的生活に復する機会が与えられる」

というものだった。鈴木貫太郎首相、東郷茂徳外相は拒否すべきにあらずとしたが、軍部は黙殺を主張、その旨の新聞報道が行なわれた。黙殺声明は米に原爆投下の口実を与えた。

二十年八月六日、広島に原子爆弾が投下された。

淵田は前日まで広島にいた。海軍調査団の一員として広島に入った淵田は、被爆直後の無残な光景に呆然とした。そこは、どこもかしこも瓦礫《がれき》の山だった。

戦争は米軍の圧倒的な勝利に終わったのだ。もう戦争をやめさせなければならない。淵田は決心した。しかし、許せないことが起こった。原爆を投下され、瀕死の重傷にあえぐ日本に、八月八日、ソ連が宣戦布告をしたのだ。その知らせに、

「ちくしょうめ、ウラジオストックを爆撃してやる」

淵田はわめいた。だがその飛行機もない。一日も早く停戦するしか、道は残されていなかった。

東京では最高戦争指導会議が開かれ、ポツダム宣言の受諾について話し合われていた。軍部は最後まで反対したが、十日朝になって昭和天皇の聖断が下った。

「これ以上、望みなき戦争は続けるべきにあらず。従来、勝利獲得の自信ありと聞いておったが、これまで計画と実行とが一致していない。朕《ちん》の股肱《ここう》たる軍人より武器を取り上げ、戦争犯罪人として連合国に引き渡すのは忍びがたいが、忍びがたきを忍び、人民を破局から救い、世界人類の幸福のため、かく決心せり」

昭和天皇は大要このように言われ、手袋で涙を拭かれた。

会議は十日午後二時半、散会となり、外務省はポツダム宣言受諾の旨を在スイスの加瀬俊一公使、在スウェーデンの岡本秀正公使に打電した。

だが軍部の抵抗は続き、新たな動きが出てきた。クーデター計画である。陸海軍の決起部

隊が宮城を占拠し、本土決戦で雌雄《しゆう》を決するというものである。

海軍兵学校で同期の高松宮が、戦争終結に向かって努力されていることを知った淵田は、強硬派の説得に回った。特攻隊の生みの親で、本土決戦を叫んだ軍令部次長の大西瀧治郎中将が自刃し、八月十五日正午、国民はラジオの玉音放送によって終戦を知った。

それでもなお厚木基地では、第三〇二海軍航空隊に反乱の動きがあり、高松宮が必死でなだめる一幕もあった。高松宮の日記に次のようにある。

八月十三日——

夜、警保局長にきく。中途で大西次長、ぜひ戦争継続の様に取はからってくれとの話に来邸。信念の問題には私如き戦わざるものは取つぐ資格なし。総長なり次長自身、申上げられたらと云う。

八月十八日——

３０２空（厚木航空隊）に電話しようとしたが、つながる電話なく、もっとも小園氏（基地司令官）、いま高熱で分からぬとのこと。

八月十九日——

厚木航空に電話せるもよく聴こえず。小園司令、起きてこれぬので飛行長に話す。

この騒動は、小園安名司令が精神に錯乱をきたして病院に送られ、一件落着した。

間もなく連合国が本土に進駐し、九月二日には米太平洋艦隊の旗艦「ミズーリ」で降伏文書の調印式が行なわれた。開戦以来、三年八ヵ月余で太平洋戦争は幕を閉じた。

淵田美津雄の戦後は多彩だった。

真珠湾攻撃の総隊長としての名前は、どこに行っても通り、終戦後も国民的英雄であることに変わりはなかった。

淵田は復員局史実調査部に勤務、海軍航空隊の資料の調査・収集に当たり、昭和二十三年（一九四八）からは、占領軍総司令部（ＧＨＱ）歴史課に嘱託として勤務した。復員局時代は連合艦隊航空参謀だった奥宮正武と一緒に太平洋戦争の調査に当たり、二人で昭和二十六年（一九五一）から『ミッドウェー』『機動部隊』など優れた記録をまとめ、太平洋戦争の真相に迫る仕事を成し遂げた。

これは太平洋戦争史に絶対に欠かせない作品として、今日なお不動の地位を保っている。終戦から六年、国民に「あの戦争はなんだったのか、戦争責任は誰にあるのか」と迫る著作の数々であった。

（二）

淵田の著作の基本資料となったものの一つに、米国戦略爆撃調査団の「太平洋戦争報告書」があった。これは日本に進駐した連合国の占領軍総司令部が、残された日本軍の文書を押収し、さらに関係者を公聴会で尋問してまとめた膨大な記録である。記録は総ページ一万三〇〇〇ページ、四〇〇字詰の原稿用紙二万八〇〇〇枚というもので、ありとあらゆる分野にわたり日本を分析していた。

報告書のなかで、まず目に入ったのは陸海軍人や政治家の尋問記録であった。

「お偉いさんは戦争についてどう答えたか」

淵田は興味があった。それは、なぜ自分は戦ったのかという原点に迫る問題だった。

永野修身《おさみ》・軍令部総長（開戦時）の言い分はこうだった。

「私は開戦に先立って行なわれた公式討議の際に、この戦争は約二年間は成功裡に遂行できるという意見を述べた。それから先は、当然、兵力補充や戦線拡大などの問題が起こってくるだろうから、そうなると、その後は決定的な困難がやってくるという見通しだった。果たせるかな開戦後、二年たつと、我々は戦争を順調に進めることが出来なくなった。それは両国の生産能力の差であり、こちらの科学的研究が遅れていたからである。ただし南方資源を十分に利用できれば、長期戦に耐えられたに違いない。ともあれサイパン島を失ったとき、万事休すだった」

永野さんは正直だなと思った。二年はやると、はっきり言っていた。その後、どうするのか、それはなかった。

米内《よない》光政《みつまさ》（開戦前の首相、鈴木終戦内閣の海相）の証言は「えッ」というものだった。その証言とは、

「率直にいえば戦争のターニング・ポイントは、開戦時であった。私は当初からこの戦争は成算がないと感じていた。戦争が始まってからのことでいえば、ミッドウェーの敗戦、ガダルカナルの撤退が転機だった。これで万事終わりだと感じた」

というものだった。なぜもっと強く反対してくれなかったのかという疑問はあった。

終戦工作についてはこんな風に述べていた。

「最初のチャンスは開戦直後だった。第二の機会はサイパン陥落の後だった。その後はただ情勢に引きずられるだけだった。統帥部や政府の上層部が終戦について考え始めたのは、昭和二十年の五月初旬からだった。日本経済はほとんど枯渇して、石油は一滴も南方から入ってこなく、造船も鉄鋼不足で生産能力はガタ落ちになっていた。鈴木内閣になってから戦争資材の現状を調査したが、その結果これ以上、戦争はできないと判断し、終戦に努力した」

すべては遅すぎたのだ。

豊田副武《そえむ》（昭和十九年には連合艦隊司令長官、昭和二十年には軍令部総長）も、米内と同じ論調だった。

「私は日本が全力を尽くせば、あの戦争は回避できたと信じている。強力で賢明な政治家がいて、日本を指導すべきだった。開戦後、我々は米海軍を最大の脅威と感じていた。

勝敗の転機はミッドウェーだった。その後、日本本土に対する爆撃で、飛行機および航空器材が生産低下を起こし、また燃料も不足し、艦艇の訓練もできなくなった。ともあれ、現代戦についての認識に重大な誤りがあった。第二次大戦が欧州で勃発したとき、その戦闘はおびただしい物資の大量消費だということを認識していなかった」

賢明な政治家がいればというが、豊田さん、あなたもその一人ではございませんか。

淵田は溜め息をついた。

戦争の転機はミッドウェーだったと、豊田は語った。

「政府、陸海軍、国民も戦争は転機に立っていることを悟り、将来に対する覚悟を決めるべきだった。ところが、一般国民は大勝利と思い込まされ、なにも知らされずにいた」

豊田は続けた。すべてをひた隠しに隠したことが、結局は国を誤らせたのだ。

「まったく嘆かわしいよ」

淵田は言うべき言葉がなかった。

そうした中で、野村吉三郎《きちさぶろう》（開戦時の駐米大使）の証言は光っていた。

「戦争の遠因は日中戦争にあったと考える。わが国民は中国で日本軍が勝ちっぱなしであると信じ、我々は中国から大きな獲物を得なければならないと思い詰めていた。この期待が、そもそもこの戦争の最大の原因だった。日本が大陸作戦をもっと早く止めていれば、今度の戦争は起こらなかった。その責任は陸軍にあった。いずれにせよ、戦争を続けていったら日本は完全に崩壊したであろう。驚くべきことに、陸軍の一部には破滅さえ躊躇《ちゅうちょ》しなかった人がいた。国民は死ぬまで戦えと言っていた。それでも国民は最後まで抗戦を続ける気持ちでいた。

私は疎開していたが、そこの郵便局長は、こうなったら斬り死にするしかないと言っていた。しかし終戦になって真相が分かったとき、彼らはやっぱりよかったと大喜びだった。一部の人は、この戦争の主張者の一人は山本大将だったように思っているが、決してそうではない。彼は日米開戦に反対だった。この戦争は非常に投機的で、危険なものだった。ただ米国の経済封鎖は致命的だった。それから一歩でも前進するとすれば、アメリカとも開戦があるばかりだった」

この人はまともだ。偉い人だと淵田は思った。

こういう人が首相だったら、状況は違っていたかも知れない。しかし陸軍はアメリカをなめ切っていたので、そこがどうだったかという疑問は残るが、郵便局長の話を出すところなど庶民の心も知っていた。

木戸幸一《こういち》（開戦時の内相）の証言は、陸軍の憲兵のことを指摘していた。

「サイパンが陥落してからB29の日本本土への空襲が強化され、日本の戦略は成り立たないと感じた。大都市ばかりでなく地方の工業施設が破壊され、その生産能力を奪われた。しかし誰もなんら手を打たなかった。陸軍は憲兵を駆使して、反戦言論を弾圧した。結局、原爆が日本の日和見主義者を終戦に同意させた。原爆投下とソ連の参戦がなければ、戦争終結は困難だったであろう。軍隊内部に相当の反乱があったと思われる」

その通りだった。軍の首脳もそうだが、すべてがどこかで狂っていた。憲兵はその最たるもので、自分が陸軍なら、捕まっていたかも知れないと淵田は首をすくめた。

近衛文麿《ふみまろ》（開戦前の首相、戦後自決）の陳述は、身につまされるものがあった。

「サイパン陥落後、終戦の努力をしたが、軍部が封殺した。天皇に働きかけること自体、命懸けだった。天皇自身は一日も早い終戦を念じておられたが、機が熟さず、その間、躊躇されていた。当時、陸軍は山中に自分たちで洞窟を掘り、穴籠りの準備をしていた。彼らの戦争継続の考えは組織的抵抗ではなく、あちらの岩かげ、こちらの穴からというゲリラ戦だった。

ソ連の参戦と原爆投下が必ずしも決め手ではないが、それがなければ、戦争は昭和二十年末まで続いたであろう。ソ連の参戦は恐怖だった。中立国が突如、敵になったため、異常な心理的打撃を受けた」

自決して責任をとったのだから、これ以上、いうことはないと淵田は思った。

鈴木貫太郎という人も、永野修身と同じように楽観的というか、どこか間が抜けているようなところがあり、原爆待ちというのは残念なことであった。

「戦争が始まったときは勝つかも知れないと思った。しかし長期戦になれば負けるという感じはあった。日本海軍の失敗は、得意げになって全太平洋に攻撃に出たことだ。

昭和二十年、首相を拝命するに当たって天皇から直接、ご命令を受けたことはない。しかし天皇は前線の甚大な損害についてご心痛になっておられた。私の立場は非常に困難だった。戦争終結の準備が漏れたら私は主戦論者から襲撃され、命を奪われていたであろう。陸軍は本土決戦は有利だと考えていた。かくて日本の指導者は本土決戦を計画していた。原爆が投下されて、和を乞う機会がやってきた」

なんということだ。

淵田は頭が痛くなった。

いったん戦争が始まると、戦争終結は簡単なものではなかった。

木戸も鈴木もテロの恐怖にさらされていた。だからといって、仕方がないと考えるのは誤りであろう。

それを乗り越える政治家の不在、これはどうしても、言わねばならぬ問題だった。

戦争と平和の問題

(一)

戦後の淵田は自説を曲げず、いっぷう変わった生き方を貫いた。キリスト教団体の伝道師というのは、「なぜ」と思う人も多かった。淵田は戦後、公職追放の時期は奈良の畝傍《うねび》に帰り、畑仕事をして暮らした。淵田がキリスト教の伝道師となり、アメリカ各地を回るようになったきっかけは、アメリカ軍の捕虜になった元日本兵から聞いた祈りの話だった。

淵田は自分で『聖書』を求め、自分で勉強した。戦争の無残さを知ってキリスト教に帰依したのか、人はあれこれ推測したが、敵国だったアメリカを伝道して歩いたことに淵田の持ち味があった。

淵田はテキサスに住み、アメリカの学校で勉強したいと渡米した息子と一緒に車を運転し、伝道して歩いた。

「リメンバー・パールハーバー」

この言葉はアメリカ国民なら誰もが知っている、対日戦争のキャッチ・コピーだった。淵田はその総隊長である。これほど話題の人物がほかにいるだろうか。多分に宣教に担ぎ出されたフシもあったかも知れないが、気にする淵田ではなかった。

人の生き方はさまざまで、その淵田の信じがたいほど変わった人生に比べれば、かつての相棒、源田実は陽の当たる道を歩み続けた。

「お前さんは器用な人だよ」

淵田は帰国したときに、源田をからかったことがあった。

源田は航空自衛隊のトップの座にのぼりつめ、戦闘機の機種決定のために渡米したとき、候補機のロッキードを自分でテスト操縦し、日米両国民をアッと言わせたりした。参議院議員としても知名度は抜群だった。

源田は、生まれつきエリートだった。広島県の富裕な地主の家に生まれ、飛行隊に進んでからも、搭乗員の花形として注目を集めた。

大尉時代、「源田サーカス」というアクロバット飛行を行ない、巴宙返り、編隊宙返りなどを演じて、人々をうならせた。いつも華やかな場所に源田はいた。

対する淵田は飛行隊長ではあるが、偵察員であり、自ら操縦桿を握ることはなかった。二人に共通するものといえば、歯に衣《きぬ》着せぬものの言い方だった。

淵田は、その間も奥宮正武と本を書き続けた。いってみれば、怒りの告発だった。

「一寸の虫にも五分の魂がある」

そんな気持ちだった。どうしても最初に書きたかったのは『真珠湾攻撃』だが、これは勝利の物語であり、本腰を入れねばならないのはミッドウェー海戦だった。

淵田は南雲機動部隊の真珠湾攻撃のあと、休む暇もなくインド洋出撃を命ぜられ、セイロン島攻撃などで人も艦も消耗し、そのあとのミッドウェー作戦に加わった。

自らは病気で思うように働けなかったが、ミッドウェー海戦のあの無様な姿を目のあたりにした淵田の怒りは、大きかった。

あの惨敗の責任をとった将官は、山口多聞《たもん》ひとりというのも、淵田には納得できないことだった。本来、山口司令官には責任を取る必要などなかったのだ。山口司令官はあまりのことにあきれ果て、自分が犠牲になることで、日本海軍の再生を祈願したに違いなかった。しかし、その後の日本海軍の体たらくを見れば、山口の死は全くの犬死にだったことになる。

それだけに、淵田は黙っていることができなかった。

淵田は『ミッドウェー』の「まえがき」で大本営のやり方を告発した。

「ミッドウェー海戦は惨憺たる敗北であった。戦前、量よりも質をモットーとし、『寡《か》（少数）をもって衆を制する』ように訓練し、準備されてきた日本の連合艦隊が、『衆をもって寡に敗れた』のである。海戦の主導権は我にあった。参加兵力は米太平洋艦隊のそれに比して圧倒的に優勢であった。戦争の主役を果たした航空部隊の質は、必ずしも米軍のそれに比して劣ってはいなかった。しかもその敗戦は、近世の日本海軍が未だかつて想像も経験したこともないほど決定的なものであった。

この時を転機として戦運は、完全に日本海軍を見放して連合軍側に幸いしたかに見えた。そしてこの海戦はまた、開戦以来、日本海軍の奔放な行動を許していた神が、初めて一大反省の機会をわれわれに与えたのではないか、と思われるほどいろいろな教訓を残している。

当時、日本の大本営はこの敗戦を糊塗（ごまかしの処置）するために、彼我あたかも同等の損害を受けたかのように発表した。しかしアメリカ側では、逸《いち》早く日本側の損害を正確な艦艇の名と共に事実をありのままに全世界に放送しているので、日本側の措置は対敵防諜というよりは、真相を知ることにより国民の士気が挫折することを恐れたのであろう」

淵田はこのように述べ、日本軍が証拠をいかに隠滅《いんめつ》したかを明らかにした。

ミッドウェー海戦の関係者は完全に外部と遮断され、缶詰状態に置かれ、収容者は、ときとしては捕虜収容所にいるのではないかという錯覚にさえ襲われたのだった。

ミッドウェー海戦に関する資料は、すべて最高の軍事機密とされ、記録の作成は最小限に制限され、終戦後、焼却されてしまった。淵田はその一部を所持しており、そのおかげでミッドウェー海戦を記述することができた。

それを皮切りに、日本海軍の上層部を批判し続けた。

この頃の淵田を作家の亀井宏氏が訪ねている。

「戦後まもなく洗礼をうけ、伝道師に身をやつして、かつての敵国アメリカに渡り、各地をまわったりした。旧軍人のなかには、命ごいをすると嘲笑する者もいたが（実際に私はこの耳できいた）、しかしそうではないだろう。きわめて形而下的にいえば、戦犯に問われたわけではなく、別に命ごいなどする必要はなかったからである。

淵田氏もまた孤独だったに違いない。戦争の悲惨さが人々から忘れ去られる頃になると、心ない者たちが集まって、氏を氏自身の思わくとは別の目的のために、利用しようとしたこともたびたびあったと察せられる。氏もまた複雑なおもいを胸中に抱いて余生を生きた一人だと想像される」

亀井は淵田の印象をこう書いた。積もりに積もった忿懣《ふんまん》を、上層部を批判することで発散した部分もあったかもしれない。だが淵田のカラリとした直言はイヤミがなく、その率直なものの言い方は好感をもって世に受け入れられた。

「山本五十六なんてのは、凡将なんだよ」

そんなあからさまな言い方で、一刀両断に斬って捨てたこともある。

山本五十六は凡将だったという批判は確かにある。その根拠として、

「もしやれと言われるなら、半年や一年は大いに暴れてごらんにいれる」

と当時の首相・近衛文麿《このえふみまろ》に言ったことが、挙げられている。ああいう言い方をすれば、優柔不断な近衛公は、一年半は持つという気持ちになってしまうことは分かり切っているというのだった。

「対米戦争はやれません、やれば日本は亡びますとなぜ言わなかったのか」

淵田は惜しんだ。

「俺が反対したところで、日本は米国と戦うことに決したのだ。ここは一発逆転の発想でアメリカを叩いてやる」

山本はそう目論んだのだろうが、惜しむらくはハワイ攻撃もミッドウェー攻撃も山本は遠くに離れていて、本当の意味での陣頭指揮をとらなかった。緒戦でアメリカを叩き、終戦に持ち込むという戦略はミッドウェーで大きく狂い、結局は敗軍の将となった。

「ミッドウェー後の戦争は単なる消耗戦だよ」

淵田はこうも言った。

もうひとつ、淵田は戦艦「大和」が嫌いだった。

「大和はたいしたもんだ」

などと言おうものならプイと横を向いて、不機嫌になった。砲弾を二万メートルも三万メートルも飛ばせるからといったところで、航空機の時代には、なんの役にも立たないというのが淵田の考えだった。

「あれは無用の長物だよ」

淵田はあからさまに言い続けた。日米戦争は航空戦なのに、飛行機を従としか考えなかった大艦巨砲主義がいちばん、嫌いだった。それは暗に戦艦「大和」に乗っていた山本長官批判でもあった。

「はっきりものを言う人でした」

奥宮もそのことは認めている。

淵田は、日本が満州事変以来、弱敵を相手にして戦勝気分になり、太平洋戦争が始まってもハワイ攻撃の勝利にいつまでも酔いしれ、驕慢の気風がみなぎり、理由もなしに敵の戦力を過小評価してしまったことをあげた。その結果、哨戒《しょうかい》がおろそかになり、敵機動部隊はハワイにいると勝手に思い込み、救いがたい破局を迎えたことも記した。そしてその背景には、やることなすことが行きあたりばったりの日本人の国民性が関係していると淵田は看破した。

「セクショナリズムの国民性は、ものを見る視野が狭く、やることが独善的である。……(中略)熱しやすく冷めやすい国民性は、すぐ思い上がって相手を見下げる。かと思うと自主邁進《まいしん》の気迫に乏しい日和見《ひよりみ》的な国民性は、他力本願になりやすく、卑屈な事大主義ともなる。合理性を欠くために、希望と現実を混同して、漫然と事に臨み、敗れてのち、初めて名論卓説を述べる」(『ミッドウェー』)

という手厳しい批判であった。国民も反省せよというものだった。

(二)

淵田は「戦争とは何か」という問題提起も行なった。

「神を信じ、自由を愛する多くの人々をも含めた世界の各民族が、個人的にはなんらの敵意ももたないのに、お互いに殺し合うなどということは、普通人の常識からは想像もできないことである。このように人間の日常の道徳律からはとうてい考えられない国際間の争いが、すなわち戦争である」（『機動部隊』）

淵田は戦争をこのように規定し、

「戦争はその本質上、いい加減な妥協を許さない。交戦国の相互には勝敗の決を与え、参加国民には、その所属の如何にかかわらず、死をも含む大きな犠牲を要求する」

とし、さらに、

「第一次大戦末期のフランスが生んだ偉大な政治家クレマンソーが言ったように、戦争は『軍人にまかせておくには、あまりにも重大な仕事』なのである」

と注目すべき発言を行なった。まさにそうであった。戦争をやるのか、やらないのか、それを決めるのは政治家であり、どこで止めるかを決めるのも、まさに政治家の仕事であった。

軍人は敗戦につぐ敗戦という真実の姿を国民に隠し、次は勝てると希望的観測を述べた。軍部にはどこの国も大なり小なり、そういう事実があった。それを冷静に分析し、国家の行く末を考えて決断するのが政治家であった。

淵田は太平洋戦争は軍人の戦争であり、政治家不在の戦争であったと喝破した。

シビリアンコントロールの米国と、天皇が軍の統帥権を持つ日本との差といってしまえば、それまでだが、『機動部隊』の「まえがき」で、日本には真の意味での戦争指導者がいなかったと訴えた。

淵田はアメリカと日本を往復しながら、これでもか、これでもかと終生、本を書き続けた。

なぜ書くのか。

淵田は『ミッドウェー』の再版にあたり、奥宮と連名で次のように説明した。これは読者やかつての仲間の問いに答えたものだった。

「戦う以上は勝たねばならない。戦士として戦場に出たからには、戦争の当否を論じて何になる。第一線の海軍将兵、なかでも航空部隊の若い搭乗員たちは、こう考えて身を死地に投じた。手柄を樹ての功名心でもない。止むに止まれぬ面子《メンツ》からの諦めでもない。きびしい軍紀が強要したものでもない。戦況の不利が自暴自棄にしたのでもない。そうさせたのは、祖国とその同胞に寄せる純心一途の熱情であった。戦は死であるとの透徹した理念であった。そして、彼らはその死を勝利への捨て石と考えていた。

彼らの願いも空しく、戦争は遂に敗れた。戦争をはじめ、そして敗戦に導いたのは、時の戦争指導者たちである。作戦を誤って敗退に至らしめたのは、作戦指導者たちである。いずれも彼らの責任ではない。ただ、彼らは、弓折れ、矢尽きるまで、悔ゆるところなきまでに戦っただけである。

彼らのありし日の姿をありのままに伝えるのが、生き残った者、特に本書に出てくるほとんどすべての人々を知り、自らもその過中にあった者の当然の責務である」

淵田は当然の責務と語った。

「太平洋戦争の経過から知りうることの一つは、多くのわが国の指導者たちが、わが国力を過信していたことであった。いいかえれば、わが国力を総合的に把握し、国民を適切に指導しうる人物を欠いていたことであった。その結果、多くの国民は、彼らの願いや努力にもかかわらず、悲劇への途を歩まざるをえなかった」

と痛哭《つうこく》の思いも吐露した。

戦争とは何か。

『機動部隊』では、その本質にも迫った。

「あの『戦争』とは、果たして何であったろう？

神を信じ、自由を愛する多くの人々をも含めた世界の各民族が、個人的には何らの敵意ももたないのに、お互いに殺し合うなどということは、普通人の常識からは想像もできないことである。このように人間の日常の道徳律からはとうてい考えられない国際間の争いが、すなわち戦争である。人々がこれをあえてするのは、必ずや、一国民として、自国の国策の正当性を信ずるために、その遂行の一手段として、かかる非常の手段をも是認するか、または、たとえ意見を異にする場合でも、国策に協力するのは、国民の義務だと認めるからでなければならない」

と述べ、

「戦争はその本質上、いい加減な妥協は許されない。交戦国の相互には勝敗の決を与え、参加国民には、その所属の如何にかかわらず、死をも含む大きな犠牲を要求する。相容れない目的を達しようとして、常識を超越した手段に訴えて、国際紛争を解決しようとするものである以上、戦争がそれ自体残酷であり、憎むべきものとなるのは自然の勢いなのだ。しかも一国の運命を賭するのだから、第一次大戦末期のフランスが生んだ偉大な政治家クレマンソーがいったように、戦争は『軍人にまかせておくにはあまりにも重大な仕事』なのである。と同時に、これが実施に当たっては、専門家の献身的な努力がなくてはその目的を達することができないのであるから、一国の国策決定の任に当たる指導者の任務は、たとえようもなく重大である」

と戦争指導者の責務の重大性を説き、

「その指導者に人を得なかったことが、日本を太平洋戦争にひきいれた直接の原因であり、国の破滅を救うために、一般国民がいつでも専門家に干渉できるような環境をつくりえなかったところに、今日の日本人の不幸は根ざしていたのである」

と書いた。そして「当時の日本には真の戦争指導者はなかった」と断言した。

アメリカ調査団に答えた戦争責任者たちの証言もむろん背景にあった。

㈢

それ故に自分は何をなすべきか。淵田はいつもその事を忘れなかった。

批判するだけなら誰にでもできることだった。

問題はそれぞれの立場で自分を見つめ直すことだった。

キリスト教の伝道に身を挺したのも、そのことが理由だった。

淵田は節目節目に奥宮のもとに手紙を書き、近況を知らせていた。奥宮は一時期、航空自衛隊に勤めていた。

その手紙はいつも懇切丁寧な文体だった。

飛行隊長として一匹狼の搭乗員を率いた淵田は、なかなか苦労人でもあり、気配りの人であった。それが文体に表われていた。この手紙は淵田美津雄を知る上で貴重な資料の一つだった。

〔昭和三十年七月十六日付の書簡〕

二十三日附の御書面に接して居りました処、返信このように遷延《せんえん》いたしまして恐縮に存じます。

私は去る七月一日から東北地方に巡講に出かけて居りまして、只今は青森県下を終って、岩手県下に入りました。あと福島県へと二十六日までつづきます。

空自時代の奥宮正武

英訳ミッドウェー出来上りました由、いろいろとお骨折深謝いたします。スプルアンス大将の序文は結構でした。スプルアンス提督とオフスチー中将とに署名して贈呈する件、了承いたしました。

しかし七月二十六日でないと帰宅できませんので、御諒承下さい。帰宅したらすぐ署名してあなたの処に送ります。

その他、関係事務処理の件は、お手数乍《なが》らよろしくお任せいたします。どうぞよろしく。

二伸、

同封の手紙が私の処に送られて来ました。戦後の知人で、陸軍准尉ですが、目下は大阪府警視庁の巡査です。時々、阪神飛行場で青木サンのセスナをチャーターして飛んで貰ったりしているのですが、どうやら航空自衛隊の幹部に採用を希望している模様ですが、どんなことになっているか、御厄介乍ら、当面の事情お知りなら御知らせ下さい。

〔昭和三十九年十月五日付の書簡〕

奥宮正武様

先日は松下通信工業株式会社に参与として入社の趣、挨拶状を戴きまして、有り難う御座いました。

私は6年間も日本を離れて、アメリカ、ヨーロッパと旅を重ねていましたが、去る9月5日に帰国致しました。

只今は、Dr. Gordon W. Prange と一緒に帝国ホテルに投宿しています。Dr. Prange は御承知のように終戦のとき、GHQの Historical Section の Boss でありました。目下は University of Maryland の Historian の Boss ですが、昨年、Reader's Digest に『TORA TORA TORA』と題する Pearl Harbor の記事を載せまして一躍有名になりました。これに味をしめて、また Reader's Digest のために、次の企画の取材のために来日して居ります。これから全国をめぐるのですが、私がその東道役（案内人）をしています。

来たる10月9日（金）1225（十二時二十五分）に上野を立って、準急ときわ3号で土浦に1319（十三時十九分）着、霞ヶ浦観光ホテルに一泊いたします。目的はDr. Prangeが曽《かつ》ての日本海軍航空の揺《ゆ》りかごの基地を見て偲びたいというのですが、私は今日の霞ヶ浦がどうなっているのか見当もつきませんので、土浦の菊池朝三氏に説明役を頼んでいるのですが、実のところ菊池氏がまだ元気なのかどうか、その消息を知っていません。いずれにせよ、その晩は菊池氏と夕餐を共にしたいと、観光ホテルに一席をもうけるつもりでいます。もしあなたが、9日（金）の晩、土浦市のお宅にいらっしゃいますようならば、お電話を観光ホテルに下さい。久し振りに夕食を一緒にさせて戴けたらと存じています。

私どもの日本旅行は十一月上旬で終りまして、宮崎から東京に全日空で十一月八日（日）の夕刻に戻って来ます。そして来年の2月迄《まで》滞在の予定です。3月初旬にはまた二人ともアメリカに戻ります。

以上久闊《きゅうかつ》を叙して、近況報告まで。

淵田美津雄

この時期、淵田は自分の名字を渕田と略字で書いていた。封筒の裏には東京都、帝国ホテル一四一九号室、渕田美津雄とあった。

ゴードン・W・プランゲはアメリカの歴史家で、源田と淵田から多くの情報を得て『TORA TORA TORA』を書いた。二人のことも、次のように書いていた。

「真珠湾物語に占める源田実の役割は比類がないといわなければならない。彼は最初の発端から最後の実施まで真珠湾攻撃に参画した海軍士官である。彼が山本元帥の計画に早くから一体となり、当初から確信を持った推進者となり、第一航空艦隊の航空参謀というもっとも重要な役につき、計画に関係のあった士官のほとんどすべてと親密な関係を保ち、すべての関係文書に目を通していたことは、彼の健全な判断と客観性とともに、彼の証言を他の何人《なんびと》も持ちえないだけの幅の広い、正確かつ権威あるものにしている。

私が多年にわたって個人的に知り合い、一緒に日本国内をくまなく旅行したことのある元海軍大佐・淵田美津雄の場合も、特別なケースということができる。源田とともにハワイ計画の最高の戦術的な計画者、オアフ攻撃部隊の実際の指揮官、昭和十六年十二月八日の戦闘のすべての面の観察者として、彼の個人的な回想、攻撃に参加した他の搭乗員たちについての分析は、史実の骨組みに対して生き生きとした生命を吹き込むこととなった。淵田と六十回以上のインタビューをすることが出来たことは、歴史家として幸運なことであった」

〔昭和四十一年五月二十三日付の書簡〕

奥宮正武様

昨年、出国の節は、いろいろと歓待していただきまして、有り難うございました。その后《ご》は御無沙汰のみ重ねまして失礼いたしました。

然《しか》る処《ところ》、爾来《じらい》、アメリカ合衆国及びカナダを巡講いたして居りましたが、数日前バンクーバーから帰国いたしました。当分は在宅して静養いたしますが、いずれ上京いたしますでしょうから、またお目にかからせて戴きます。先《まず》は右帰国の挨拶まで。

追伸

小生、これから神戸の米国総領事館で、イミグラント・ビザを申請しようとしているのですが、小生のミリタリー・レコード（Military Record）というのが要求されています。曽《かつ》ての奉職履歴の抄本みたいなものですけれど、どこで交付して呉れるのか、皆目、見当がつきません。厚生省復員局庶務課といったようなものがまだ存続しているのでしょうか。または防衛庁のどこかに移ったのでしょうか。もし御存知なら小生ども旧軍人のミリタリー・レコードを交付してくれる官庁の所在を教えて下さい。

以上

奥宮正武様

〔昭和四十三年十一月十五日付の書簡〕

十一月四日附の現金封筒有難う御座いました。いつもお骨折を深謝いたします。

私は去月十五日に発病いたしまして、心電図によれば心筋梗塞《しんきんこうそく》との診断で、入院、絶対安静で今日に至りました。ちょうど今日で一ケ月経過いたしまして、発作もなく、心電図もよろしいとのことで、退院いたしました。

来年の三月一杯まで、静養とのことで、社会復帰は来年四月以降ですが、六月末までには米国に戻ります。四月以降に一度上京の予定で居りますので、米国に戻る前に拝眉いたします。折角御自愛下さい。先《まず》は右お礼の御挨拶まで。

敬白

このときは完治し、それから数年間、淵田はアメリカと日本を往復している。淵田はどこかボヘミアンの雰囲気があった。一ヵ所にじっとしていられず、ものに憑《つ》かれたように世界中を歩きまわるような部分があった。

淵田にはもうひとつ、いかにも淵田らしい真骨頂があった。

日本は無駄な戦争をして、多くの苦しみを国民に与えた。軍部の判断も戦争のやり方も悪かった。だがアメリカはどうなんだ。彼らが正義で、日本は不正義だったのか。

「俺はすべて日本が悪いとは言わないよ」

淵田にはそんなところもあった。

たとえば、アメリカの調査団の報告書も結論の部分は不満だった。

「日本の敗戦の根本原因は、日本の戦争計画の失敗であって、短期間に賭けた目論見がはずれ、その貧弱な経済力にもかかわらず、はるかに優勢な十倍以上の経済力を有する強大な国家と長期にわたる対抗を余儀なくされたことである」

とし、報告書には日本の政治家の不在、無力が戦争の原因だと書いてあった。

だがこの場合は待てよという感じもした。じゃあ悪いのはすべて日本で、アメリカに責任はひとかけらもないのか。ちょっと言い過ぎではございませんか。原爆を落としてもそれは正義なんですか、という問題であった。

へそ曲がりの淵田らしい感想だった。

昭和四十一年十二月七日、ハワイのホノルルで催された真珠湾攻撃二十五周年記念祭に出席した淵田は、そのことを強く感じた。

アメリカには〝パールハーバー・サバイバース・アソシエーション〟という組織があった。直訳すると「真珠湾で生き残った者たちの協会」である。このとき会員は三〇〇〇人いた。ここで淵田が強く感じたのは、イソップ物語のたとえ話のように、一度、まき散らされた嘘は消えないということだった。アメリカ人は真珠湾攻撃はだまし討ちと覚え込んでおり、誰一人、「なぜ日本をして真珠湾を攻撃させるようなことをアメリカはしたのか」を論じる者はいなかった。

アメリカを巡回している身ではあるが、「待ってくれ」という心境だった。

「石油の対日輸出を禁じ、日本を追い込んだアメリカも反省せよ」

淵田は、このことを言いたかった。

腹の中に納め、黙っている淵田ではない。昭和四十二年、河出書房から『真珠湾攻撃』を再刊するとき、「著者のことば」としてこのことを書いた。

戦後、戦勝国アメリカ一辺倒の風潮の中でも、淵田は日本人としての節を失うことはなかった。死んでいった村田少佐、江草少佐……。このほか、数えきれないほどの搭乗員たちが南の海に命を散らした。

「冗談じゃない」

戦争を肯定も賛美もしないが、自分の国家の未来を純粋に考えた彼らの魂を踏みにじることは許せない。

どんなときでも淵田の胸には彼らがいた。

その気骨のある人、淵田も病《やまい》には勝てなかった。

伝道をやめて余生を日本で過ごすため、奈良に隠棲してからは、花を植えたりして楽しんでいた。

淵田が糖尿病で倒れたのは、昭和五十一年（一九七六）早々である。この頃からビールの量が大きく増え、医者に飲むことを禁止されていたが、一向にやめることはなく、病院でも朝飯はビールだった。

二人の子供はアメリカで暮らしており、父が体調をくずしたと聞いて、娘が駆けつけたときは、もうベッドに横たわったままだった。

医者ももうあきらめて、淵田の好きなようにさせていた。

淵田が息を引き取ったのは、それから五ヵ月後の昭和五十一年五月三十日である。

妻に看取られての安らかな死であった。

六月一日に自宅で身内の葬儀が行なわれ、六月十二日には源田実が葬儀委員長となって大阪護国神社で大阪水交社葬が執行された。会場には多くの海軍関係者が集まり、真珠湾攻撃の英雄の死を悼んだ。

「〝海ゆかば〟に送られて、いい葬式でした」

奥宮は目を潤ませて、そのときの模様を語った。

淵田美津雄、波瀾に富んだ七十四歳の生涯だった。

●「淵田美津雄」関係年表

年代	西暦	事項
明治三十五年	一九〇二年	淵田彌蔵の三男として奈良県北葛城郡磐城村に生まれる。
大正　十年	一九二一年	旧制畝傍中学校から海軍兵学校に第五二期生として入学。
大正　十三年	一九二四年	海軍少尉候補生を命ぜられ、練習艦「八雲」に乗り組む。
昭和　三年	一九二八年	霞ヶ浦海軍航空隊の偵察学生を拝命。飛行科に進んだ。
昭和　四年	一九二九年	空母「加賀」に乗り組む。翌年、大尉に昇進する。
昭和　六年	一九三一年	同郷の北岡春子と結婚。一男一女をもうける。
昭和　十四年	一九三九年	空母「赤城」の飛行隊長となる。翌年、第三航空戦隊参謀に。
昭和　十六年	一九四一年	日米開戦。真珠湾攻撃隊の総指揮官として多大な戦果を上げる。
昭和　十七年	一九四二年	ミッドウェー海戦。淵田は盲腸炎の手術後で動けず。
昭和　十九年	一九四四年	連合艦隊の参謀となる。この年、大佐に昇格する。
昭和　二十年	一九四五年	広島、長崎に原爆投下。日本、無条件降伏で太平洋戦争終結。
昭和二十三年	一九四八年	占領軍総司令部（GHQ）歴史課の嘱託となる。
昭和二十七年	一九五二年	プロテスタント系の伝道者として渡米。米国内を巡回した。
昭和三十九年	一九六四年	米の歴史家ゴードン・W・プランゲの取材に協力、全国を回る。
昭和四十二年	一九六七年	海外での活動から引退し、郷里の橿原市に帰る。著述に専念。
昭和五十一年	一九七六年	糖尿病が悪化して死去。享年七十四歳。

あとがき

淵田美津雄の長男、淵田善彌氏は私が取材していた頃、アメリカのニュージャージー州で建築設計の仕事をされていた。ＰＨＰ文庫から出版の際、資料の提供をお願いしたところ、快く承諾され、長文のファックスを送ってくださった。それは淵田美津雄を知る上で貴重な証言だった。その要旨は次のようなものだった。

「父を書いた本は何冊かありますが、本によって淵田美津雄と渕田美津雄の二つがあります。戸籍の原本を見ると昭和七年七月よりずっと淵田美津雄となっています。淵のなかの一が入っていません。これは誤字なのか知りませんが、銀行預金帳などは戸籍の記載とそっくり同じでないといけないそうで、淵田と書かされたりします。

父はずっと淵田と署名してましたが、戦後当用漢字ができた頃に渕田と書くことにすると言い出しました。一家はしばらく渕田を使っていましたが、私はやっぱり淵田の方が格があるし、建築的だと言ったら、お前は淵田に戻っていいだろうと言いましたので、ずっと私は淵田と署名していますが、父は死ぬまで渕田を使っていました。

父の伝記の原典は Gordon W.Prange 著の"God's Samurai Lead Pilot Pearl Harbor" です。日本語訳は出ておりません。出版社は Brassey's (US), Inc, です。

父の著述の原典は一九四九年に地方の小さな新聞社から出版した、次の手記によると思います。終戦後四年目に出版されました。

『真珠湾作戦の真相』Remember Pearl Harbor
空襲部隊総指揮官・元海軍大佐淵田美津雄手記
朝刊大和タイムス社・昭和二十四年十二月八日発行

父自身がその後、河出書房から再出版したときの「著者のことば」の中で言っておりますが、文献的価値は非常に高いと思います。『ミッドウェー』もハワイ空襲の部分のエピソードはこの手記より借りてきているようで、この手記は小さな新聞社から出た関係上、あまり人の目にとまらなかったそうですが、『ミッドウェー』は広く海外にも翻訳されて、その後の数々の国内及び海外の戦記文学に大きな影響を与えたようです。

右記『真珠湾作戦の真相』は改題して『真珠湾攻撃』として太平洋戦記シリーズの一冊として河出書房より出版されました。ほかに『目撃者が語る昭和史』(新人物往来社)、文藝春秋の『完本太平洋戦争』中の「真珠湾上空一時間」もあります。

真珠湾に関しては、私はやはりゴードン・W・プランゲ博士の作品が一番、権威があるのではないかと思っています。

『At Dawn We Slept』『The Verdict of History』は大作です。どちらも死後に出版されました。

生前に出た『TORA TORA TORA』は千早正隆さんの訳で、一九九一年に並木書房より再刊されています。

またお便りいたします」

淵田と渕田の使い分けなど、いくつも貴重な証言が含まれていた。

私はこの本を書くにあたって、『真珠湾攻撃』と「真珠湾上空一時間」を手元に置き、何度も読み返し、かなりの部分を引用した。本人の記述であり、これ以上の資料はないからだった。心配なのは、どこか重要な部分を見落としてはいないかということである。

もう一人、淵田にインタビューした作家の亀井宏氏からもお便りをいただいた。

「拝復、淵田美津雄さんという方は当時の海軍にあっては、きわだって合理的精神の持ち主だったのではないかと考えております。いまでもそうかもしれませんが、日本人は人を見る眼がないというか、人事にはどうも果断に欠けるところがあるようですね。敬具」

と書かれてあった。淵田は立身出世からは縁遠い存在だったが、時代がどう変わろうが、真珠湾攻撃のヒーローとして日米両国の太平洋戦争史に、その名が永遠に刻み込まれてゆくことは間違いない。

戦争を賛美するつもりはないが、作戦としての真珠湾攻撃を考えた場合、これは見事に成功した希有の戦争であったといわざるを得ない。ひとつの目標に向かって多くの人々が英知を絞り、命懸けで作戦を遂行し、大戦果をあげたという事実は、米国の戦史研究家も等しく認めるところである。

淵田が米国で人気を博したのは、軍人として見事に職務を果たした勇気と英知に対する敵味方を越えた尊敬の念のためであった。

ゴードン・W・プランゲは『トラ トラ トラ』の最後を、

「緊迫した国際関係と想像もつかないほど強力な核兵器の新時代に生きる気品高い日本人とアメリカ人にとって、真珠湾の奇襲攻撃は歴史におけるにがい真実のひとつとして、予期しないことが起こりうるものであり、また、しばしば起こるものであることを示す貴重な教訓として、いつまでも残ることであろう」

と結んだ。

もう一人のアメリカ人歴史家ジョン・トーランドもパールハーバーの悲劇を冷静に見つめた。

「この惨劇の原因は、その後、何年にもわたって、激しい議論の対象になった。政治性と人間的な要素を取り去って見れば、答えは簡単である。アメリカの軍事指導者たちは、日本が独立した機動部隊に攻撃など行なえないと信じ込んでいた。攻撃されたあとも、彼ら南雲機動部隊がマーシャル群島から来たと信じていた。そして日本が真珠湾に殴り込んでくるほどばかだとは、想像もしなかった。こんな考え方は、彼ら一人だけのものではない。日本の大本営海軍部さえもZ作戦を無謀呼ばわりしていたのである。

もっと深い意味においては、アメリカ人一人ひとりが責任を分担しなければならないだろう。世界は、第一次大戦後の経済、社会的な変革、そしてナショナリズムや民族主義によって揺さぶられ、東西両半球においてはこのために力の再編成が進行中だった。真珠湾の悲劇は、こうした原因によって世界がその着実な軌道からはずれてしまったという事実を、アメリカ国民の誰もが直視することを避けたため、引き起こされたものであった」

と日本にも理解を示した。一方的な自虐趣味の日本の論調に比べると、この主張は淵田と同じように客観的かつ冷静であり、戦争には双方にそれなりの理由があると指摘した。

人間は家族の目を通すとまた異なった一面が見えてくる。

淵田善彌氏は、ＰＨＰ研究所の『歴史街道』平成十一年十二月号に「わが父、淵田美津雄」を寄稿した。そこには父親としての淵田美津雄の素顔が描かれていた。この文章はあれこれ論評するよりも、そのまま読んでいただくのがいいと思い、善彌氏の了解を頂き、巻末に採録した。

この一文はじつに心暖まる文章であり、父と子の関係が鮮やかに描かれていた。

この文章が入ったことで、本書における淵田美津雄の肖像は一段と輝きを増したと確信する。

私は淵田美津雄が自ら文章を残してくれたことによって、真珠湾攻撃とはなにか、そして、そこに携わった多くの海軍関係者の生き様を追跡することができた。「連合艦隊随一の名文家だった」と奥宮正武氏は絶賛したが、淵田の文章は硬軟すべての面で、素人の域をはるかに越えていた。文章の力は凄いと改めて思う。「リメンバー・パールハーバー」という言葉がある限り、一方の勇者である淵田の名前もまた消えることはない。

最後に淵田に関するエピソードや資料の提供をいただいた奥宮正武氏、淵田善彌氏、亀井宏氏に改めて謝意を表するとともに、雨倉孝之氏、高原昭夫氏に真珠湾攻撃、その他戦史や軍事知識についてご指導をいただいた。

今回光人社NF文庫の刊行に当たり、潮書房光人社の方々にも大変お世話になった。

二〇一六年（平成二十八年）夏

星　亮一

解説にかえて——わが父、淵田美津雄

淵田善彌

数年前、商用でノースカロライナ州シャーロットの、ある会社を訪ねた時のことです。私が差し出した名刺を見て先方の担当者は、「昔、キャプテン・フチダという人に会ったことがあります」と言いました。「父です」と応《こた》えると、相手は非常に驚き、「実は、ティーンエイジャーの頃、サンデースクールでキャプテン・フチダの話を聞き、大変感銘を受けたのです。当時、人生の大きな岐路に立っていた私は、彼の話で勇気づけられました。私にとって忘れられない人です」と言うのです。その時、「ああ、父はいいことをしたんだな」と、とても嬉しかったことを覚えています。

私の父、キャプテン・フチダこと淵田美津雄元海軍大佐が、真珠湾空中攻撃隊の総隊長を務めた人物であることは、ご存じの方も多いと思います。父は戦後、キリスト教信者となり、伝道活動に後半生を費やしました。なぜ父は、軍人から伝道の道へ進んだのでしょうか。また、淵田美津雄とは一体どんな人間だったのか、息子である私の目から見た父の素顔をご紹介したいと思います。

父は明治三五年（一九〇二）、奈良県磐城《いわき》村で生まれました。畝傍《うねび》中学から海軍兵学校に進み、大正一三年（一九二四）に卒業（五二期）。その後、母・春子と結婚し、昭和八年（一九三三）に私が誕生、父はその時三一歳でした。

私が物心がついた頃には、父は海軍の艦隊勤務でめったに家にいません。また転勤も頻繁で、私も母の実家である奈良県明日香《あすか》村で生まれて後、館山《たてやま》、世田谷、佐世保、逗子《ずし》、田原《たわら》本《もと》と、居を転々としました。

私が小学校にあがる前の、ちょうど日中戦争（一九三七〜四五）が始まった頃、父は一年に二度ほど、自宅に四、五日帰ってきました。そして夜になると、ビールを飲みながら方眼紙に家の図面を引くのです。家が海軍の借家なので、いつか自分の家を建てるのが父の夢でした。「これは居間だ、これはお前の部屋だ」と父が描くのを、私は横で夢中で見ていました。そして、作りあげて勤務に戻り、次に家に帰ってきた時には、「あんなの全然駄目だ」と言って、最初から図面を作り直すのです。また、昼間はよく私を釣りに連れて行ってくれました。父は釣りが好きで、竿も色々揃えていました。釣り糸を垂れながら、たまに父に会えた私が嬉しくて話しかけると、父は「しーっ。魚が逃げるじゃないか」と制するのです。子供の私には退屈で仕方がありません。父は一時間でも二時間でも黙っているのですが、多分、瞑想のように、釣り糸を垂れながら、戦争の行方や色々なことを考えていたのだと思います。

私が小学校二年生の一二月に太平洋戦争が勃発。直前まで日本海軍は厳重に情報封鎖をしており、もちろん父も家族の誰にも話していませんでした。でも母は、一二月八日の朝、ラジオで日本が米英と開戦したというニュースが流れると、「あれはうちのお父さんのことだよ。直感でわかる」と言うのです。ここ数ヵ月、父が何かを準備していたのはこれだったんだ、と。そして神棚に灯明《とうみょう》をつけて、皆でお祈りをしました。

一二月末、父が真珠湾攻撃から逗子の自宅に帰ってきました。二、三日家にいましたが、その間、机一杯の大きな紙に一生懸命に絵を描いていました。よく見ると、真珠湾の全体図と艦船の配置です。手元の表と照らし合わせながら、撃沈したのは×、大破は三重線と朱《しゅ》を入れ、艦種を絵の具できれいに色分けしながら作っていました。「何してるの？」と尋ねると、「天皇陛下にお見せするんだよ」と答えました。戦果報告には父と、第二次攻撃隊隊長の嶋崎少佐、そして上官の永野軍令部総長、南雲第一航空艦隊司令長官の四人で行ったそうです。ちなみにその図は戦後、戦史研究家のゴードン・W・プランゲ教授の手に渡り、教授の没後サザビーズの競売にかかり、スティーブ・フォーブス氏が三二万ドル（！）で落札して、現在、ニューヨークのフォーブスギャラリーズに所蔵されています。

その後、父は南雲機動部隊とともにインド洋作戦に出かけ、次いでミッドウェーに出撃します。この時、盲腸炎の手術後で空母赤城艦内にいた父は、爆風に飛ばされて両足を骨折、日本に帰還すると横須賀の海軍病院に収容されました。当時、ミッドウェーの大敗を国民に秘匿《ひとく》するため、軍関係者の行動が規制され、父も軟禁状態でした。ところが父は、「もう、こんなの御免《ごめん》だ。俺は帰る」と、逗子の家に帰ってきてしまいます。

負傷した父が突然帰宅して、私たち家族は驚きましたが、海軍も驚いたようです。結局、父は自宅療養ということで内聞に付されました。家での父は、水彩画を描いたり、私に紙の模型飛行機をたくさん作ってくれて、天井から糸でぶら下げたりするかたわら、ミッドウェーの敗因をまとめたレポートを提出したようです。傷が癒えると、海軍大学校に教官として勤務しました。

やがて本土への空襲が始まると、私は母と四歳下の妹・美彌子《みやこ》とともに奈良県に疎開しました。父はその頃、海軍総隊参謀として、日吉台《ひよしだい》の司令部につめていました。そして昭和二〇年（一九四五）八月一五日終戦。この時父は働き盛りの四三歳でした。

残務処理を終えて、父が家に帰ってきたのは一二月。公職追放となった父は、奈良県の畝傍に農地を買い、自給自足の畑仕事を始めます。その頃、私は中学進学を控えており、進学相談で母が担任の先生に、父の出身校でもある畝傍中学を受験させたいと言うと、「一流校の畝傍どころか三流校でも無理でしょう」と言われました。母がそう話すと、父はかんかんになって怒り、「明日からそんな学校に行くことはない。俺が教えたる」と言うのです。それから受験までの約一ヵ月間、こたつで父と向かいあっての猛勉強が始まりました。食事もこたつ、眠くなるとこたつで横になるという生活です。とりわけ印象に残っているのは、「どこで間違ったのかを見つけ出す」という父の方針です。そのため小学校一年生の教科書まで遡《さかのぼ》りました。一、二年生位は笑ってスラスラできましたが、五年生あたりでつまる箇所が出てくる。すると「お前、ここからわからなくなったんだよ」と言われました。父は五、六年生の算数もきちんと自分で解いてみせます。試験の二週間前にはすべて済ませ、「せっかくだから中学校の勉強をするか」と、中学一年の数学の教科書を終えてしまいました。私が無事畝傍中学に合格できたのは、全く父のおかげです。

戦後三、四年もすると、周囲の人の暮らしむきも少しずつ良くなりましたが、私の家は一向に変わらず、母も随分苦労しました。学校の制服も買ってもらえず、父の古い軍服を母が仕立て直したりしました。家も田原本の親戚の家に間借りしていましたが、その後何年もかけて、畝傍の農地に家族で家を建てました。祖父の遺産の山から木を伐って、大八車《だいはちぐるま》に積んで戻り、製材にする。まるで毎日がピクニックで、妹も「あの頃が一番楽しかったね」と言います。父は自ら図面を引き、その通りに建てるという長年の夢が実現し、楽しくて仕方がないという様子でした。私が建築家への道を選んだのも、この時の影響が大きかったのです。

父がキリスト教に出会ったのも、この頃でした。父は畑仕事をしながら、軍人として敗戦に対する責任を感じ、また、「日本はどこで間違ったのか」を考えていたようです。

ある日、父はアメリカ軍の捕虜となっていて帰国した元日本兵から一つの話を聞きます。捕虜のキャンプに、二〇歳位の一人のアメリカ人の娘さんが現れ、病人に親身な看護をしてくれました。日々の献身ぶりに捕虜たちは皆心を打たれ、三週間を過ぎた頃、なぜそんなに親切にしてくれるのかを尋ねました。すると娘さんは、「両親が日本軍に殺されましたから」と答えたのです。彼女の両親は宣教師でしたが、フィリピンの山中で日本軍にスパイと疑われ、斬殺されたのです。死ぬ前に両親は三〇分の猶予をもらい、聖書を読み、神に祈ってから処刑されました。そのことをアメリカで知った彼女は、憤りと悲しみで胸が張りさける思いでしたが、やがて両親の、死ぬ前の三〇分の祈りは何であったのかに思い至った時、憎悪は人類愛に変わったというのです。

この話を聞いた時、父は美しいとは思ったものの、まだよく理解できませんでした。しかし、聖書を読んでみる気になり、購入し拾い読みをして、ある句が目に止まります。

「父よ、彼らをおゆるしください。彼らは何をしているのか、わからずにいるのです」

この一節を読んだ時、何かが父の胸を打ちました。アメリカ人の娘さんと、その両親の心情に、ようやく気づいたのです。大粒の涙を流した父は、戦後七年目に、爆弾の代わりに聖書を携えて、渡米します。

父が伝道のために渡米する時、家族は反対しませんでした。最初は処世のためにクリスチャンになったのかと思っていた私たちも、父の思いが真剣であることが次第にわかったからです。その後、私と父は昭和三二年（一九五七）、アメリカで再会します。

東京の大学に進学した私は結核で吐血し、二年ほど療養生活を送りました。復学する気の失《う》せた私は、アメリカの学校で学びたいと父に相談し、渡米することになったのです。テキサスにいた父はサンフランシスコの空港までわざわざ迎えに来てくれました。私はコロラドの大学に通い始めます。父は時々帰国しつつ伝道を続けました。

大学が夏期休暇に入ると、父が「アイダホあたりで伝道活動をするから手伝わんか」と言います。私は、父と三ヵ月間家を借り、そこを拠点に電話帳で付近の教会を探し、ちらしを送り、さらに電話で講演の了承をとっていきました。いわば父のマネージャー兼ドライバーです。父も自動車の免許は持っていましたが、その運転はまるで飛行機を操縦しているかのようで、「飛行機は道のないところを行くからいいね」などと言って、怖くて見ていられませんでした。

教会では、日曜日や特別集会に礼拝があり、そこで父は、なぜ自分がクリスチャンになったのかを真剣に話しました。父に対する反感はなく、かつてのエネミーが信者になったということで、反響を呼んだようです。父の英語は決してうまいとはいえませんが、聞く人にはきちんと伝わり、中には涙を流す人もいました。集会が終わると、皆続々と父に握手を求めました。教会の入口に牧師さんと父と私が立って見送るのですが、皆口々に「良かった」と言ってくれます。真珠湾攻撃のリーダーということで、父も時に嫌な目にあうこともあったようですが、キリスト教信者として伝道する父を激励してくれるアメリカ人の方が、遥かに多かったことも事実です。一緒に行動してみて、父の信仰が本物であることがよくわかりました。

父は、アメリカの自由な雰囲気が好きでした。だからきっと、アメリカに永住して、伝道活動を続けるのが夢だったと思います。しかし私がアメリカで妻のマリーと結婚し、妹も渡米したため、日本には一人母が残されました。日本とアメリカを行き来していた父は、母に「来ないか」と誘いましたが、英語ができず、生活環境も違う異国での生活を母は好みません。父は私に「日本へ帰って、お母さんと一緒に暮らすよ」と告げました。帰国することで、父の夢は消えてしまうのですが、しかし父は、母を選んだのです。そんな父母が世界一周旅行をする機会もありました。昭和四五年（一九七〇）、真珠湾攻撃を描いた日米合作の映画『トラ!トラ!トラ!』の公開の時、二〇世紀フォックスの招待で約一ヵ月、欧米を旅したのです。この旅行を母はとても喜び、私も一三年ぶりに母と再会して、妻子を紹介できました。

帰国後、父は母と仲良くやっていたようです。一緒に畑の草をひいたり、花を植えたりする穏やかな日々でした。私の息子のジョンが日本に遊びに行った時は大変喜び、父はあちこちに連れて行ってくれたようです。

昭和五一年（一九七六）五月三〇日の午後、父は糖尿病で、七四歳で逝去しました。死の間際まで、父は機嫌良く母に話しかけていたそうです。あの自ら図面を引き、家族で建てた手作りの家で、父は天に旅立ちました。現在、その家は壊されて小学校の敷地となり、「淵田家の跡」という小さな石碑が建てられています。

息子の私から見ても父は実に行動力のある人でした。海軍時代は飛行隊長として多くの部